Hanni und Nanni ist die beliebteste und erfolgreichste Mädchenbuch-Serie der Welt. Allein in der Bundesrepublik wurden mehr als 5 Millionen Bücher dieser Serie von Enid Blyton mit großer Begeisterung gelesen.

Von **Hanni und Nanni** gibt es 16 Einzelbände, die auch in 5 Sammelbänden zu je 3 Erzählungen zu haben sind.

Schneider-Buch

Enid Blyton

HANNI UND NANNI

und ihre Gäste

Inhalt

Ein Ferienjob winkt

Im Internat Lindenhof fehlte Fräulein Roberts.

„Da brauchen wir wenigstens heute nicht Erdkunde zu lernen", sagte Hanni Sullivan zu ihrer Zwillingsschwester Nanni. „Ob Fräulein Roberts wieder krank ist? Sie war doch schon einmal ein paar Wochen lang fort."

Nein – krank war die Lehrerin diesmal nicht. Nach einer Woche erschien sie wieder. Aber sie wirkte wie umgewandelt, viel vergnügter und nicht halb so streng wie sonst.

„Ob sie eine Erbschaft gemacht hat?" rätselte Hanni.

Mit dieser Vermutung traf sie wahrhaftig ins Schwarze. Fräulein Roberts hatte von einer alten Verwandten ein ganzes Ferienheim geschenkt bekommen. Die einzige Bedingung war, daß sie sofort ihren Beruf aufgab und das Heim übernahm.

So erzählte sie es ein paar Mädchen aus den oberen Klassen, die sie eines Tages zu sich ins Zimmer gebeten hatte. Hanni und Nanni waren dabei, auch ihre Freundin Hilda Wentworth.

„Ich habe einen besonderen Grund, daß ich euch zu mir eingeladen habe", fuhr Fräulein Roberts fort und ließ den Kuchenteller wieder herumgehen, „weil ich euch nämlich etwas vorschlagen beziehungsweise euch um etwas bitten möchte."

Da horchten sie alle auf. Sollten sie ihre Sachen packen und dann das Heim neu einrichten helfen? Es war ja nur noch eine Woche bis zu den großen Ferien. Unmöglich erschien es ihnen nicht.

„Ihr könnt euch denken, daß nun viel Arbeit auf mich zukommt. Das ist an sich nicht schlimm, ich kann mir ja Hilfskräfte nehmen und habe sogar schon welche. Aber in dem Haus wohnen eine Menge Gäste, die ihren Erholungsurlaub deshalb nicht unterbrechen möchten oder auf ihre Bequemlichkeiten verzichten wollen, weil ich meine Tante ablöse. Sie wollen auch in dieser Übergangszeit gut betreut werden. Denen kann man nicht bloß das Essen hinstellen und ihnen die Zimmer richten. Man muß sich um ihre kleinen Extrawünsche und um ihr Wohlbehagen kümmern. Das aber schaffe ich einfach nicht, schon gar nicht mit fremden Helfern. Deshalb habe ich gedacht, ob nicht ein paar von euch mitkommen und mich ein wenig unterstützen wollen. Habt ihr Lust?"

Die Mädchen sahen sich an. Darauf waren sie nicht vorbereitet. Ob sie das konnten? Und was für Menschen wohnten eigentlich in dem Heim? Kranke? Alte?

Hilda fragte schließlich: „Was für Gäste sind es denn, Fräulein Roberts? Sind sie pflegebedürftig?"

Die Lehrerin lachte. „Dann würde ich es euch nicht zumuten. Ich war ja nur einige Tage dort und kann nicht allzuviel sagen. Aber ich habe ein paar sehr nette Leute kennengelernt:

zwei Studentinnen, die gerade ihr Examen hinter sich haben; einen alten Herrn, der täglich ein paar Stunden durch den Wald läuft und Blumen oder Steine sammelt; eine junge Ärztin; eine Malerin – ja, und eine Lehrerin. Vor allem sind ein paar Familien da, also auch Kinder. Insgesamt wohnen dort vielleicht zwanzig Gäste. Eine Köchin sorgt fürs Essen, und zwei Stubenmädchen besorgen die Hausarbeiten. Mir wird es später gewiß einmal großen Spaß machen, alles zu versorgen. Im Augenblick fürchte ich aber, daß mir die Arbeit über den Kopf wächst. Ich muß ja erst einmal die ganze Verwaltung in den Griff kriegen. Was meint ihr zu meinem Vorschlag?"

Einige Mädchen nickten, andere blieben still, und zwei sagten gleich: „Wir dürfen bestimmt nicht kommen, weil unsere Eltern mit uns verreisen wollen."

Hanni und Nanni hatten sich zunächst nur angesehen. Lust hatten sie wohl, aber was würden die Eltern sagen?

„Bis wann müssen Sie Bescheid haben, Fräulein Roberts?" fragte Hilda wieder.

„Ist es zu früh, wenn ich sage: in zwei Tagen? Ihr könnt gern auf meine Kosten mit euren Eltern telefonieren. Fräulein Theobald kennt meinen Plan und ist einverstanden. Sie erlaubt sogar, daß ihr zwei oder drei Tage die Schule schwänzt!"

Das sagte das gestrenge Fräulein Roberts! Hatte die sich aber verändert!

Nun, die Eltern der Zwillinge hatten nichts dagegen, daß die Schwestern in Fräulein Roberts' Ferienheim gingen. Vater konnte sowieso einstweilen noch keinen Urlaub nehmen. „Vielleicht überraschen wir euch in ein paar Wochen dort", schrieb die Mutter, nachdem sie ihren Töchtern schon telefonisch ihre Zustimmung gegeben hatte.

Hilda durfte ebenfalls mitreisen. Von den Mädchen aus den anderen Klassen sagten Andrea Peters, Rose Grill und Conny Rust zu. Und Erika Klose, Connys Freundin, bat Fräulein

Roberts, sie ebenfalls mitzunehmen. „Eigentlich wollte Conny mich nämlich in den Ferien besuchen“, berichtete sie. „Wir möchten gern ein paar Wochen zusammen sein.“

„Dann kommst du natürlich mit“, antwortete Fräulein Roberts, die von allen anderen Absagen bekommen hatte. „Du bist ja ein verständiges Mädchen. Ich dachte bloß, daß du ein bißchen klein bist.“

„Klein, aber oho“, sagte Conny lachend. Sie stand natürlich daneben, um Erikas Bitte zu unterstützen.

„Wo liegt denn das Heim?“ hatte Hanni gefragt, als sie Fräulein Roberts die Zusage brachten.

„Ziemlich abseits“, war die Antwort. „Am Rande eines Waldtales. Früher befand sich dort eine Sägemühle. Deshalb haben meine Verwandten es Fuchsenmühle getauft.“

„Warum gerade Fuchsenmühle?“

„Weil sich die Füchse dort gute Nacht sagen!“ Fräulein Roberts lachte. „Wenigstens hat meine Tante es mir so erklärt. Aber erschreckt nicht. *So* abgelegen ist es nun auch wieder nicht. Inzwischen gibt es eine gute Straße bis zu dem Anwesen. Und zweimal am Tag verkehrt ein Omnibus.“

Vier Wochen sollten sie wenigstens bleiben, so verabredeten sie es. „Doch ich setze euch danach nicht etwa an die Luft“, meinte Fräulein Roberts. „Wahrscheinlich werde ich froh sein, wenn ein paar von euch es noch länger dort aushalten.“

Zwei Tage vor Schulschluß reisten sie alle zusammen ab. Ihre Freundinnen winkten ihnen neidisch nach.

Die Zwillinge und Hilda waren die Ältesten, sie fühlten sich verantwortlich, paßten auf, daß alle einen Platz fanden und das Gepäck richtig verstaut wurde.

Fräulein Theobald, die Direktorin, kam selber mit zur Bahn. Am Abend vorher hatte sie für Fräulein Roberts zum

Abschied eine schöne Feier veranstaltet. „Ich besuche Sie bestimmt einmal", versicherte sie ihr.

Sie mußten zwei Stunden mit der Bahn fahren. Dann rief Fräulein Roberts: „In zehn Minuten sind wir da."

Am Bahnhof wartete ein Kleinbus. Davor hielt ein würdiger älterer Mann Ausschau und schwenkte den Hut, als er Fräulein Roberts entdeckte.

„Da sind wir also, Herr Marcel!"

Das Gepäck von sieben Mädchen und dazu die beiden großen, schweren Koffer von Fräulein Roberts – das alles mußte im Bus verstaut werden. Aber Marcel war nicht zu erschüttern. Mit großem Geschick verlud er alles. Es blieb noch reichlich Platz für die Fahrgäste. Fräulein Roberts setzte sich vorn neben ihn.

„Er stammt aus Frankreich", hatte sie den Mädchen schnell berichtet, solange er mit dem Gepäck beschäftigt war. „Zunächst kam er als Gast in unser Heim. Er wollte die Folgen eines Unfalls auskurieren. Dann ist er bei uns hängengeblieben. Als meine Tante nach dem Tode ihres Mannes sich dem Betrieb nicht mehr gewachsen fühlte, hat er ihr treu zur Seite gestanden. Hoffentlich hilft er auch mir über die erste schwere Zeit hinweg."

Als sie alle im Wagen saßen, erklärte sie laut: „Dies ist also Monsieur Lati, der gute Geist unseres Hauses."

„Die jungen Damen dürfen mich ruhig mit Marcel anreden", sagte der Franzose. „Ich höre das sogar besonders gern. Denn die Leute hier haben meinen schönen Namen, weil er ihnen fremd klingt, einfach in Maxel umgewandelt", setzte er lachend hinzu.

Die Mädchen lachten mit. Monsieur Marcel gefiel ihnen sehr.

„Wie schade, daß Mamsell nicht hier ist", rief Hanni. „Sie wäre selig, wenn sie einen Landsmann träfe."

„Genau das gleiche habe ich eben auch gedacht", sagte Fräulein Roberts. „Habt ihr eine Ahnung von Mamsells Ferienplänen?"

Nein, darüber wußten sie nichts.

„Meist fährt sie ja nach Frankreich", meinte Hilda. „Ich glaube, außer ihrer Familie hat sie nicht viele Bekannte."

Fräulein Roberts nickte. Mamsell – die ja eigentlich mit Mademoiselle angeredet werden sollte – war trotz aller Wunderlichkeit eine kluge, fleißige Kollegin und ein prachtvoller Mensch. Sollte sie sie nicht vielleicht einladen? Es war bestimmt gut, wenn sie sich gelegentlich mit einem gleichaltrigen Menschen beraten konnte. Denn Fräulein Roberts hatte – das wußten die Mädchen zum Glück nicht – ein bißchen Angst, ob sie ihrem neuen Beruf gewachsen war.

„Ferienheim Fuchsenmühle" stand über dem Torbogen, vor dem das Auto hielt. Herr Marcel stieg aus, öffnete das Tor und

fuhr an dem großen runden Rosenbeet vorbei zum Haupteingang. Dann half er Fräulein Roberts aus dem Wagen und erklärte wie ein Kavalier: „Madame, meinen Glückwunsch zum Einzug in Ihr neues Heim." Dabei gab er ihr eine Rose, die er schnell abgebrochen hatte, und küßte ihr die Hand.

Staunend beobachteten die Mädchen diese feierliche Begrüßung. Fräulein Roberts sah verlegen zu ihnen hin. Aber Herr Marcel hatte so selbstverständlich und natürlich gehandelt, daß alle einfach „weg" waren, wie Nanni später sagte. „Kinder, unser Mamsellchen wäre begeistert von diesem höflichen Marcel. ‚Ein echter Franzose', würde sie rufen. Fräulein Roberts war auch ganz gerührt."

„Ha, da sind sie ja, unsere Haustöchter", rief eine fröhliche Stimme. Eine rundliche Frau mit einer großen weißen Schürze lief eilig herbei. „Ich bin die Gustel", stellte sie sich vor, „und koche für den ganzen Laden. Mit mir müßt ihr euch also gut stellen, wenn ihr gern einmal schleckt."

In Berge eingebettet, liegt das Ferienheim Fuchsenmühle

Na, das war gewiß nicht schwer. Gustel machte einen vergnügten Eindruck! Die beiden Hausmädchen, Rosa und Hetti, sahen kaum älter aus als die Zwillinge und Hilda. Mit denen würden sie sich gewiß auch verstehen.

Die bisherige Besitzerin, Frau Wendland, begrüßte die Mädchen noch am gleichen Abend.

Sie bedankte sich bei ihnen: „Lieb, daß ihr meiner Nichte über den schwierigen Anfang hinweghelfen wollt. Sie hat mir gesagt, daß sie lauter verständige, zuverlässige Mädchen mitbringt."

Da wurde jede einzelne von den sieben rot. Sie dachten an die vielen Strafpredigten und Strafarbeiten, die Fräulein Roberts ihnen aufbrummen mußte!

Sehr groß war die Fuchsenmühle nicht. Aber wenn nur zwanzig Gäste untergebracht wurden, mußte trotzdem viel Platz übrig sein. Und dann war auch noch das Personal da. Einen Hausdiener Tim gab es auch noch.

„Werden wir genug zu tun haben?" fragte Rose Grill, ein energisches Mädchen. Sie arbeitete sehr gern und hatte sich für die Zeit in der Fuchsenmühle viel vorgenommen.

Frau Wendland lachte. „Keine Angst! Ihr werdet euch noch oft genug tüchtig tummeln müssen. Wir haben ja nicht bloß Dauergäste, die ein paar Wochen lang unsere gute Luft und die Ruhe hier genießen wollen. Nein, da melden sich oft Wanderer, die nur kurze Rast machen. Manche von ihnen bleiben auch ein oder zwei Nächte. Wieder andere besuchen ihre Freunde, die bei uns wohnen. Ihr werdet schon sehen: Es geht bei uns recht lebendig zu."

„Außerdem will ich euch die Ferienzeit ja nicht ganz rauben", sagte Fräulein Roberts. „Ihr sollt nicht etwa den ganzen Tag von früh bis spät nur helfen. Ich bin froh, daß ich euch dabei habe. Aber wir wollen nicht ganz vergessen, daß es eigentlich eure Freizeit ist."

Wirklich nette Gäste!

In einem hübschen Mansardenzimmer wurden die Zwillinge und Hilda einquartiert, die Jüngeren sollten in zwei Kammern nebenan schlafen.

„Sagt mir, wenn euch etwas fehlt", bat Fräulein Roberts. „Ich möchte ja, daß ihr euch wohl fühlt."

Am nächsten Morgen lernten sie die meisten Gäste kennen. Zwei junge Damen saßen als erste an einem Tisch. Die eine hatte einen Skizzenblock neben sich liegen – aha, die Malerin!

„Hallo, ihr Mädchen!" rief sie, als die Zwillinge mit Hilda auftauchten. „Seid ihr Robbys Schülerinnen? Laßt euch mal anschauen."

„Himmel!" rief die andere erschrocken. „Zwillinge! Und wie ähnlich sie sich sind! Na, Margit", – damit war die Malerin gemeint – „das kann ja heiter werden. Diese Verwechslungen!"

„Aber Stefanie, Sie als Ärztin müssen doch Unterschiede entdecken."

„Also, kommt mal her, ihr drei Hübschen!" rief die Ärztin und begrüßte sie.

„Was wünschen Sie zum Frühstück?" fragte Hanni und brachte die Bestellung in die Küche.

Die anderen gingen an die nächsten beiden Tische, an die sich inzwischen neue Gäste gesetzt hatten. Hilda steuerte auf einen älteren Herrn zu. Das war gewiß der Steinsammler, denn er holte gerade zwei Steine aus seiner Jackentasche, die er von seinem Morgenspaziergang mitgebracht hatte. „Ein interessanter Basaltbrocken", erklärte er der verblüfften Hilda, „von Quarzschichten durchzogen. Hier ist ein ehemaliges Moränengebiet. Die Gletscher haben die unterschiedlichsten Gesteine abgerissen und vor sich hergeschoben."

Du liebe Zeit, das war ja fast wie in der Schule! Zum Glück hatte der Herr einen gesunden Appetit mitgebracht. Er bestellte zwei Eier zum Morgenkaffee und noch ein Käsebrot. Hilda versorgte ihn schnell, um dem Redeschwall zu entkommen.

Nanni wandte sich an den Tisch auf der anderen Seite, wo es schon laut und lustig zuging. Drei Kinder, zwei größere Mädchen und ein kleiner Junge von vielleicht vier Jahren, erzählten der Mutter, was sie in der Nacht alles geträumt hatten und was sie sich am Tag vornehmen wollten. Das große Wort führte der kleine Junge. Na, wenn sie so viel von ihren Träumen wissen, dachte Nanni, dann sind sie gescheiter als ich. Ich vergesse meine Träume immer. Wahrscheinlich dichten die Kinder hier auch das meiste dazu.

„Ja, und dann habe ich den Riesen tüchtig ans Bein getreten", berichtete der Dreikäsehoch gerade. „Da hat er einen furchtbaren Schreck bekommen und ist fortgelaufen."

„Hab ich nicht einen tapferen kleinen Buben?" fragte die Dame lachend, als Nanni herankam. „Der wird uns alle einmal beschützen. Aber Sie wollen wissen, was wir zum Frühstück möchten!" Und sie gab Nanni ihre Bestellung auf.

Sie machten ihre Sache gut, die drei Mädchen, und die übrigen, die kurz nach ihnen erschienen, ebenfalls. Es dauerte gar nicht lange, da waren alle Gäste versorgt. Auch die anderen, die nach und nach eintrafen und fröhlich nach allen Seiten hin grüßten. Wer mochte wohl die Lehrerin sein? Die junge Frau, die sich zur Malerin und zur Ärztin an den Tisch setzte? Oder die ältere Dame, die zu allerletzt kam und gleich zu lesen anfing?

Noch eine Familie erschien. Zu ihr gehörte aber nur ein Mädchen, das sich mit den Schwestern des kleinen Buben schon angefreundet hatte. Die drei Mädchen liefen eilig davon, als sie mit dem Frühstück fertig waren, und hörten nicht auf den Kleinen, der ihnen nachrief: „Wartet doch, ich komme mit!" Er stampfte wütend mit dem Fuß auf. Seine Mutter tröstete ihn und schalt tüchtig auf die Schwestern.

Da sprang Erika ein, nahm den Kleinen an der Hand und brachte ihn zur Schaukel.

„Geh nur mit, Christian", rief seine Mutter, als er sich noch einmal zu ihr umdrehte, „ich schaue nachher auch hin."

Jedes von den sieben Mädchen fand schnell heraus, wo sie gerade helfen konnte. Fräulein Roberts hatte es beobachtet. Sie war sehr froh über ihre Hilfstruppe.

Abends setzte sich Hanni mit einem tiefen Seufzer auf ihre Bettkante. „Uff, bin ich müde!" rief sie. „Was bin ich heute herumgesprungen!"

Den anderen ging es nicht besser. Trotzdem fanden alle ihren Spaß daran.

Es dauerte gar nicht lange, da hatten sie sich so an den neuen Tageslauf gewöhnt, daß sie abends gar nicht mehr so müde waren. Nun konnten sie auch etwas unternehmen. Die drei Großen stellten zunächst einmal ihr Zimmer auf den Kopf.

„Wir sollen es ja gemütlich haben, hat Robby gesagt", erklärte Hanni, „da wollen wir doch auch nach unserem Geschmack wohnen."

Die beiden anderen widersprachen nicht. Sie rückten zwei Betten unter die Dachschräge. Das dritte Bett wurde im rechten Winkel zu dem einen gestellt. Sie rollten die Decken zusammen und verwendeten sie als Rückenlehnen. Den niedrigen Tisch, der wahrscheinlich als Kofferablage gedacht war, stellten sie vor diese „Eckcouch" und hatten nun eine gemütliche Sitzecke. Der höhere Tisch wurde zum Schreibtisch erklärt. Mit den wenigen mitgebrachten Büchern, ein paar Briefblöcken und Kugelschreibern darauf wirkte er direkt „seriös", wie Hilda sich ausdrückte. Benutzt wurde er sehr wenig. Die Mädchen liefen in ihrer Freizeit lieber im Wald spazieren, spielten mit Gästen Federball oder aalten sich auf der Liegewiese hinterm Haus.

„Robby“ – diese Bezeichnung für ihre frühere Lehrerin hatten sie heimlich übernommen – bekamen sie selten zu sehen. Sie saß früh morgens schon in ihrem Büro und las die Post, die Herr Marcel von der Station holte, sobald der Frühzug ankam. Dann sorgte sie in der Küche dafür, daß mit dem Gästefrühstück alles klappte, und vergrub sich danach wieder in ihren Bürokram.

Aber eines Mittags – es waren vier Tage seit ihrer Ankunft in der Fuchsenmühle vergangen – stieg Fräulein Roberts mit Marcel in den Wagen.

Nanni holte gerade in der Küche eine Limo, als das Auto zurückkam.

„Immlisch, meine Liebe“, rief da eine bekannte Stimme. „Vraiment, charmant.“

Nanni warf nur einen Blick durchs Fenster, dann sauste sie – ohne Limo, auf die Hanni und Hilda doch sehnlichst warteten – zur Liegewiese hinaus. „Kommt sofort an die Haustür!“ rief sie den beiden zu. „Eine tolle Überraschung. Los, beeilt euch!“

Die zwei sahen sie vorwurfsvoll an. Sie sollten ihre behaglichen Stühle verlassen und auch noch rennen? Bei der Hitze?

„Hast du einen Sonnenstich, Liebling?“ fragte Hanni.

Doch Nanni rief bloß: „Dann laßt's bleiben“, und sauste im Galopp zum Haus.

Das war doch recht merkwürdig! Hilda stand auf, und Hanni tat es schließlich auch. Von weitem hörten sie schon Überraschungslaute und setzten sich ebenfalls in Trab. Da stand in der Halle ihre liebe alte Mamsell und schüttelte Nanni beide Hände. Robby beobachtete lachend die Begrüßung. Als sie die

„Hurra, Mamsell ist angekommen!“

beiden anderen herankommen hörte, wandte sie sich um und fragte: „Nun, was sagt ihr zu unserem neuen Gast?“

Es stellte sich heraus, daß sie Mamsell eingeladen hatte, ein paar Wochen in der Fuchsenmühle zu verbringen.

„Ich bin sehr gern gekommen“, versicherte die Französin immer wieder. „Ich freue mich auf die nächsten zwei Wochen und werde tüchtig helfen. Und daß nun auch Monsieur Marcel hier ist, mit dem ich von meinem schönen Frankreich sprechen kann, das ist merveilleux – wundervoll.“ Dann wandte sie sich an ihre Schülerinnen und schlug vor: „Werdet ihr nicht auch mit Monsieur französisch reden, chères filles? Ihr könnt es wundervoll lernen und meine allerbesten Schülerinnen sein.“

Aber da erhob sich lauter Protest!

„Fürschterlisch!“ schrie Hanni. „Fürschterlisch, liebe Mamsell!“

Fürschterlisch – so hatte Mamsell oft gerufen, wenn sie Klassenarbeiten zurückgeben mußte, die von Fehlern wimmelten, Sie hatten Mamsell damals schlicht „Mamsell Fürschterlisch" getauft. Daran erinnerten sie sich jetzt und brachen in schallendes Gelächter aus. Am herzlichsten lachte Mamsell.

„Dann also Ferien", sagte sie.

Fräulein Roberts nickte. „Sie plagen sich schon genug, die guten Kinder. Ich bin sehr froh, daß ich sie hier habe."

Aber da gab es neuen Protest: „*Wir* sind froh, daß wir hier sind", behaupteten alle drei einmütig. „Das ist viel netter, als immer nur mit den Eltern zu verreisen und sich in Hotels bedienen zu lassen. Sie können uns immer wieder anfordern, wenn Sie uns in den Ferien gebrauchen können, Robby!" rief Hanni zum Schluß, schlug sich aber sofort auf den Mund.

Doch „Robby" lachte nur und meinte: „Wahrscheinlich werde ich von diesem Angebot Gebrauch machen."

Es klappte aber auch wie am Schnürchen mit der Arbeit. Sie kannten inzwischen die Gäste, deren Gewohnheiten und Wünsche. Abends stellten sie in der Küche gleich alles auf Tabletts bereit, was am Morgen gebraucht wurde. Spielend wurden sie fertig. Nun konnte Fräulein Roberts ihnen Zeiten für ihre Freistunden festsetzen. Auch die beiden Hausmädchen hatten es leichter, seit Hettis fixe Schwester Margot als zusätzliche Hilfe gekommen war.

Nur Gustel war immer zur Stelle, unverdrossen und vergnügt. Hanni erkundigte sich einmal bei ihr, wie sie eigentlich die viele Arbeit schaffe.

„Mir macht es Spaß", gab sie zur Antwort. „Da tut man sich leicht. Und Urlaub nehme ich auch, das kannst du mir glauben. Im Oktober, wenn die letzten Gäste abgereist sind, kommt meine Zeit. Fünf Wochen bin ich dann auf der Achse und besuche meine ganze Verwandtschaft, meine beiden Kinder, meine Schwester und meine Lieblingsnichte."

Es stellte sich heraus, daß Gustel zwei Kinder hatte; einen Sohn, der schon Elektromeister in einer Fabrik war, und eine Tochter, die selber schon ein Baby hatte.

„Und im Winter?“ fragte Hanni neugierig weiter. „Wohnen Sie denn hier?“

„Freilich, dann führe ich den ganzen Haushalt, koche, putze, flicke und nähe. Die alte Dame muß ja versorgt werden, und im Winter haben wir kein Personal.“

Während sie erzählte, hatte sie Hanni einen Teller voll Plätzchen hingestellt, frisch aus dem Backofen! Sie lachte plötzlich. „Wenn ich weg bin, muß diesmal Fräulein Roberts kochen. Weißt du, ob sie das überhaupt kann?“

„Keine Ahnung.“ Hanni lachte auch. Robby am Kochtopf – das war eine komische Vorstellung!

„Ich gebe ihr am besten einen Schnellkurs“, sagte Gustel. „Sonst verhungert die alte Dame vielleicht.“

Der Teller mit den Plätzchen war leer. Hanni bedankte sich und lief hinaus.

Viel Glück – und ein paar Scherben

„Ein bißchen ist es hier wie im Internat“, behauptete Rose Grill. „Zwei Lehrerinnen haben wir schon. Für unsere Zimmer sorgen wir selber, aber sonst wird uns das Essen vor die Nase gesetzt ...“

„Und grüne Bohnen gibt es sogar auch manchmal.“ Hanni grinste und sah ihre Zwillingsschwester an.

Nanni aß alles, was auf den Tisch kam, nur bei grünen Bohnen zog sie ein Gesicht. Meist tauschte Hanni die Teller aus, wenn sie ihren leer gegessen hatte und Nanni noch immer trübselig auf ihrem herumstocherte.

„Ich meine, wir sollten uns hier auch um den Blumenschmuck kümmern – genau wie in der Schule", erklärte Rose.

„Kluges Kind!" Rose wurde von den anderen sehr gelobt, und sie gingen von da ab jeden Morgen durch den großen Garten vorm Haus und schnitten kleine Sträuße für die Tische. Oder sie brachten von ihren Ausflügen Blumen mit.

„Nanu", rief die Ärztin, „wer ist denn auf diesen netten Gedanken gekommen?" Sie sagte es zu Fräulein Roberts, die kurz ins Speisezimmer hineinschaute.

„Weiß ich nicht", war die Antwort. „Das haben gewiß meine Mädchen getan."

„Es war Roses Idee", sagte Hilda sofort.

Lob verpflichtet! Von da an fand jeder neue Gast einen Blumengruß im Zimmer vor. Und wer abreiste, erhielt am letzten Tag noch ein paar frische Blüten. Fräulein Roberts besorgte Vasen, so sehr gefiel ihr diese Sitte.

Die Mädchen achteten aber auch sonst darauf, wie sie ihren Gästen die Urlaubszeit in der Fuchsenmühle noch schöner machen konnten. Daß der Professor, der alte Steinsammler, ein kräftiges Frühstück allen Marmeladensemmeln vorzog, hatten sie schon am ersten Tag gemerkt. Sie versorgten ihn deshalb mit Wurst und Eiern. Die Ärztin und ihre Freundin Margit „lebten gesund", wie die Köchin schmunzelnd sagte. Also baten sie in der Küche stets: „Doppelte Portion Salat und wenig Fleisch", wenn sie das Mittagessen für diesen Tisch holten. Sie stellten für die beiden immer freundlichen und fröhlichen jungen Damen auch einen Teller mit Waldbeeren bereit, wenn sie draußen welche gefunden hatten. Erdbeeren gab es nur noch vereinzelt. Aber sie hatten eine ganze Himbeerhecke entdeckt, und die Heidelbeeren färbten sich auch schon dunkel.

Einmal stand mittags auf dem Tisch vor jedem Kind ein richtiger kleiner Himbeerstrauß: ein paar Zweige, die besonders dicht mit den würzigen Beeren besetzt waren.

„Mutti“, schrie die kleine Liesel Strube entzückt, „sieh bloß, was wir haben!“

Bei dieser Gelegenheit machte Erika eine merkwürdige Entdeckung. „Stellt euch vor“, berichtete sie später, als sie mit den anderen an der großen Tafel saß, „der kleine Christian besah sich die Sträuße ganz genau. Sie gefielen ihm bestimmt. Erst roch er an seinem, und dann an den anderen. Und mit einem Mal stibitzte er doch Beeren von Liesels Strauß. Von seinem aß er keine einzige. Liesel rief empört: ‚Laß das, Christian!‘ Da lachte er und griff nach Birgits Beeren. – Sofort rief Birgit: ‚Du sollst das lassen!‘ und schob seine Hand weg. – ‚Du darfst mich nicht schlagen!‘ krähte der Knirps. ‚Mutti, Birgit schlägt mich!‘ – ‚Er klaut meine Beeren.‘ – ‚Aber, Christielein‘, sagte Frau Strube mit ihrer sanften Stimme und streichelte den frechen Burschen auch noch, ‚du hast doch selber solch einen schönen Strauß.‘ – ‚Der soll aber nicht kaputtgehen. An dem müssen alle Beeren bleiben. Und außerdem ist er viel kleiner als die anderen.‘ – Und die Mama strich ihm liebevoll über den Kopf und sagte entschuldigend zu den Mädchen: ‚Er ist doch noch klein. Ihr müßt das verstehen.‘“

„Na, der kriegt keine Beeren mehr“, meinten die anderen entrüstet. „Ein richtiges Muttersöhnchen und ein verzogener Bengel.“

„Jetzt verstehe ich auch, warum Irmgard am Nebentisch ihre Himbeeren so schnell aufaß“, rief Conny. „Die dachte wahrscheinlich: Sicher ist sicher!“

Irmgards Mutter hatte eine komische Angewohnheit, über die sich alle Mädel amüsierten: Sie warf vier Stück Zucker in jede Kaffeetasse. Vier Stück – das mußte ja das reinste Zuckerwasser sein! Sie bekam nun immer gleich die volle Zuckerdose auf den Tisch gestellt.

Nanni wollte einmal ganz höflich sein und warf gleich die üblichen vier Stück Zucker in die Tasse, die sie eben eingegossen hatte. Irmgards Mutter hatte gerade einer Bekannten etwas zugerufen, drehte sich nun um und warf automatisch ihre Zuckerwürfel in den Kaffee.

„Nicht doch“, rief Nanni erschrocken, „ich habe schon gesüßt. Mit vier Stück.“

„Ach, das macht nichts.“ Seelenruhig rührte die Dame mit dem Löffel in ihrer Tasse um und trank den Sirup mit Behagen. Als die Gäste mit dem Frühstück fertig waren und hinausgingen, erzählte Nanni den anderen beim Abräumen diese Geschichte. Hätte sie bloß damit gewartet!

„Was?“ schrie Conny, die an diesem Morgen schon viel gelacht und allerlei Unsinn getrieben hatte. „Acht Stück in einer Tasse?“

Sie schüttelte sich vor Lachen, stolperte dabei über die Schwelle, und – krach! – da lagen vier Tassen und Untertassen, ebenso viele Teller und zwei Milchkännchen in Scherben. Conny wurde im gleichen Augenblick ernst. Entsetzt starrte sie auf die Verwüstung. Auch die anderen sahen betroffen hin. Erika lachte noch als letzte ... Erschrocken rief sie aber sofort: „Ach, Conny, du Ärmste!“

Das löste bei der Freundin einen ganzen Bach von Tränen aus. „Was mach ich nur?“ stammelte sie.

Von draußen erschienen ein paar Gäste. Sie hatten das Geklirr und die entsetzten Schreie gehört.

„Ach so“, meinte die Malerin lachend. „Ich dachte schon, es wäre etwas Wertvolles zu Bruch gegangen.“

„Vier Tassen und vier Teller“, klagte Conny. „Das reicht gerade.“

„Aber ein Beinbruch ist das nicht“, tröstete die Malerin, und Hilda sagte: „Wir legen zusammen und ersetzen Robby den Schaden.“

„Das fehlte gerade noch!“ Fräulein Roberts stand plötzlich an der Tür und hatte Hildas Worte gehört. „Scherben gibt es immer einmal. Das muß man in Kauf nehmen. Tröste dich, Conny, Scherben bringen Glück!"

„Na, ich weiß nicht . . ."

Bei der gemeinsamen Tafel mittags erzählte Fräulein Roberts: „Heute habe ich eine gute Nachricht erhalten. Bis jetzt mußten wir alles Notwendige in der Stadt einkaufen. Das war oft umständlich und nahm uns viel Zeit weg. Ich habe deshalb an einen Großmarkt geschrieben. Die wollen uns in Zukunft einmal in der Woche alles herausschicken."

„Das ist gut", sagte Frau Wendland. „Herr Marcel ist zwar immer mitgefahren und hat geschleppt, was wir brauchten. Doch mir war es gar nicht recht, daß er soviel Zeit für den Einkauf aufwenden mußte."

„Das habe ich stets gern getan", versicherte Marcel.

„Ich weiß, und meine Nichte weiß es auch, denke ich. Trotzdem ist dies jetzt eine Lösung, die uns beiden das Gewissen sehr erleichtert."

„Wenn Sie mich dafür in Zukunft immer beraten wollen, was ich bestellen muß", setzte Fräulein Roberts hinzu, „werde ich Ihnen herzlich dankbar sein. Auf jeden Fall bin ich froh, daß das Einkaufen nun einfacher wird."

„Siehst du, Conny, deine Scherben haben doch Glück gebracht", rief Erika zum Vergnügen der Tafelrunde.

Guten Appetit, Nicki!

Mamsell brachte Schwung in die Gesellschaft. Obwohl sie gerne lange schlief, erschien sie jeden Morgen noch vor halb acht. Sie half die Tische herzurichten und begrüßte die Gäste, die nacheinander ankamen. Es hatte sich herausgestellt, daß die ältere Dame die Lehrerin war. Die jüngere, die bei der Ärztin und der Malerin saß, unterrichtete auch, aber in Gymnastik.

„Ziemlich griesgrämig“, urteilten die Mädchen. „Gut, daß sie nicht in Lindenhof ist.“

Mamsell dachte gewiß etwas Ähnliches und nahm die Dame gleich am ersten Morgen aufs Korn.

„Eine Kollegin“, rief sie und tat sehr entzückt, „wie schön, meine Liebe!“ Sie redete munter drauflos, nachdem sie sich einfach am selben Tisch niedergelassen hatte. Daß die Dame immer nach ihrem Buch schielte und sicherlich lieber lesen wollte, beachtete sie nicht. „Da, sehen Sie“, rief Mamsell laut, als Hanni und Nanni mit Tabletts erschienen, „unsere Zwillinge. Sie waren der Schrecken des Internats, als sie kamen, aber sie haben sich gut herausgemacht.“

„Gewiß haben sie mit ihrer Ähnlichkeit viele geneckt“, rief die Malerin Margit herüber.

„Und ob! Wenn die eine Dienst hatte und lieber in die Stadt ging, sprang die andere ein. Oder sie behauptete: ‚Weiß ich nicht, da müssen Sie meine Schwester fragen!‘ – und die andere hatte sich inzwischen neue Ausreden ausgedacht.“

„Aber, Mamsell, nicht aus der Schule plaudern“, rief Nanni, „sonst erzählen wir von tanzenden Tellern und kleinen grauen Pillen an der Decke.“

Die Kollegin hatte verwundert zugehört. „An Ihrer Schule scheint es ja recht lustig zuzugehen“, sagte sie mit deutlicher Mißbilligung. „Die Mädchen haben wohl gar keinen Respekt vor den Lehrkräften?“

Mamsell starrte sie an und fand nicht gleich eine Antwort. Doch Hilda war gerade mit einer Kanne Kaffee für Mamsell und einer Kanne Tee für die andere Dame an den Tisch gekommen.

„Verzeihung“, sagte sie, „ich habe Ihre Frage gehört und möchte sie beantworten: O ja, wir sind alle vergnügt und schlagen manchmal über die Stränge. Das gibt es aber, soviel ich weiß, an strengeren Schulen ebenfalls. Wir haben viele Streiche gemacht. Gerade unsere Französischlehrerin hat oft darunter leiden müssen. Trotzdem haben wir alle großen Respekt vor ihr und mögen sie außerdem sehr gern. Gerade weil sie nichts übelnimmt und hinterher sogar oft mit uns über unsere Dummheiten lacht. Das wissen Sie doch auch, liebe, gute Mamsell, nicht wahr?"

Mamsell sah Hilda an. „Ihr seid schon meine lieben Mädchen", sagte sie, „auch wenn eure alte Mamsell manchmal mit euch schelten muß."

Mit großem Eifer strich sie Butter auf ihre Semmel und biß kräftig hinein, damit niemand ihre Rührung bemerkte. Reden konnte sie einstweilen nicht.

Diese Pause benutzte ihre Kollegin: Sie schlug das Buch auf und fing an zu lesen. Leider schenkte sie gleichzeitig – um ja nichts zu versäumen – ihren Tee allzu unvorsichtig ein. Er lief über und brachte Flecken aufs frische Tischtuch – wie peinlich!

So war Mamsell also erst einmal abgeblitzt. Sie setzte sich deshalb mittags an den Tisch neuer Gäste. Zu fünft waren sie angereist: Vater, Mutter, zwei Buben von fünfzehn und zwölf Jahren, Peter und Michael hießen sie, und die vierzehnjährige Nicki.

An sie wandte sich Mamsell zuerst: „Da werden sich unsere Mädchen freuen", sagte sie. „Sie sind genauso alt wie du." Sie rief Hilda vom Nebentisch heran. „Das ist die Klassensprecherin aus unserer Fünften", erklärte sie, „Hilda Wentworth. Sie hilft Fräulein Roberts, die dieses Haus übernommen hat."

Nicki sah Hilda neugierig an, aber sie nickte bloß – schweigend und hoheitsvoll. Sollte sie sich vielleicht mit einer Serviererin abgeben? Die gute Nicki litt an Einbildung oder

Hochnäsigkeit. Hilda erkannte das schnell und grinste. Ergebnis: Zur nächsten Mahlzeit erschienen sie und die Zwillinge als Kellnerinnen verkleidet – mit Servierhäubchen und weißer Schürze. Fräulein Roberts sah verwundert zu ihnen hin, als sie in diesem Aufzug in der Küche auftauchten. Da hatten die Racker doch irgend etwas vor – aber was?

Hilda und Nanni gingen an den Tisch zu Nicki. Erst ließen sie sich von den Eltern die Wünsche sagen, dann wandten sie sich an Nicki: „Unsere Lehrerin meinte, wir könnten öfter zusammen sein. Hast du Lust, abends in unser Zimmer zu kommen? Wir können ja spielen, Halma oder Mensch ärgere dich nicht.“

Nicki betrachtete die beiden von oben bis unten, dann antwortete sie herablassend: „Vielleicht ein anderes Mal. Jetzt muß ich mich erst einmal in der neuen Umgebung orientieren. Ich sage Ihnen Bescheid, wenn es mir einmal paßt. Sie haben gewiß auch genug Arbeit.“ Dabei nickte sie ihnen gnädig zu und beschäftigte sich eingehend mit einer Illustrierten, die auf dem Tisch lag. Die beiden sollten begreifen, daß sie keine Annäherung wünschte.

„Na hör mal“, sagte ihre Mutter entrüstet, „was fällt dir ein, die netten jungen Mädchen so zu behandeln? Du solltest froh sein, wenn du bald Anschluß findest.“

„Den finde ich auch so“, antwortete ihre Tochter patzig. „Was soll ich mit Kellnerinnen anfangen?“

„Schon mal was von Ferienjobs gehört?“ fragte der Vater ruhig.

Nicki zuckte die Achseln.

Peter und Michael hatten sich mit den Ellenbogen angestoßen, als ihre Schwester sich so dumm aufspielte.

„Ja, teure Nicki“, stichelte Peter, „du hast die Familie wieder einmal als einzige würdig vertreten. Wie ständen wir bloß ohne dich da?“

„Die ist aber eingebildet!" stellen Hanni und Hilda entsetzt fest

„Alberner Bengel!“ Nicki wandte sich entrüstet ab und zeigte Michael einen Vogel, weil der aufsprang und Hanni höflich die Tür aufhielt. Als ob sie auf Hausbedienstete angewiesen wäre! Sie hatte schon erfahren, daß die beiden jungen Mädchen, die während des Mittagessens von einem längeren Ausflug zurückkehrten, Studentinnen waren. An die wollte sie sich halten! Sie entdeckte voll Freude, daß die beiden auf dem Tisch ein Buch liegengelassen hatten. Das fischte sie sich schnell, um es ihnen zu bringen.

„O fein, danke“, rief die blonde Andrea, „das habe ich ganz vergessen!“

Ihre Freundin Gudrun fragte, als Nicki unentschlossen stehenblieb: „Bist du neu angekommen?“

„Ja, heute morgen“, antwortete Nicki. „Kennt ihr euch in dieser Gegend aus? Ihr seid doch schon länger hier? Und darf ich einmal mit euch spazierengehen?“

Ein bißchen erstaunt sahen die Mädchen sie an. Andrea antwortete höflich: „Gewiß, wenn sich die Gelegenheit ergibt. Allerdings mußt du gut zu Fuß sein, wir sind geübte Wanderer.“

„Ich auch“, versicherte Nicki schnell, „bitte, gebt mir Bescheid, falls ihr loszieht.“ Sie lief schnell zurück und war mit sich sehr zufrieden.

Mamsell hatte scharfe Augen, obwohl sie diese während der Schulzeit manches Mal überanstrengte. Wenn es um ihre lieben Mädchen ging, um ihre „chères filles“, sah sie vorzüglich. Sie hatte sofort begriffen, was Nicki da spielte.

Am Abend saß Mamsell bei Gudrun und Andrea. „Ich muß Sie doch auch begrüßen – in Vertretung von Mademoiselle Roberts“, begann sie. „Sie war bisher meine Kollegin im Internat, und ich will ihr ein paar Tage helfen, soweit ich kann.“

„Sie sind Französin?“ fragte Andrea. „Ich merke es an Ihrem Tonfall.“

„Vraiment, ma chère." Mamsell nickte. „Gute Ohren."

„Kunststück", sagte Gudrun lachend, „wir kommen gerade aus dem Elsaß und sind ein paar Tage in den Vogesen gewandert."

Das war Wasser auf Mamsells Mühle! „Vogesen – ach, ich liebe sie."

Sie waren bald in einem eifrigen Gespräch, und die Studentinnen wunderten sich nicht wenig, wie unterhaltsam die ältere Dame war, die auf den ersten Blick ein wenig wunderlich wirkte. „Und dort sind meine Kinder aus dem Internat", rief sie plötzlich, als Andrea Peters und Rose Grill an ihren Tisch kamen. „Sie sind tüchtig, die lieben Dinger. Und die Großen auch. Haben Sie schon unsere Zwillinge gesehen? Ah, voilà! Hanni und Nanni, kommt her!"

Die Studentinnen lachten. „Ist das für Lehrer nicht schrecklich?" fragten sie. „Diese Doppelausgabe! Und die beiden machen ganz den Eindruck, als wenn sie ihre Ähnlichkeit ausnützten."

Im Lauf des Abends erfuhr Mamsell von Nickis Anbiederungsversuch bei den Studentinnen.

„Soso, und meine Mädchen waren ihr nicht gut genug!" sagte sie und berichtete.

Da horchten die Studentinnen auf. Das Ergebnis war ein Plan, den sie mit Mamsell schmiedeten und am nächsten freien Tag der Zwillinge in die Tat umsetzten.

Sie brachen beizeiten auf – mit Nicki, die schon zweimal die Studentinnen an die Wanderung erinnert hatte. Das flotte Tempo, das sie anschlugen, wurde Nicki bald unheimlich. „Geht ihr immer so schnell?" erkundigte sie sich außer Atem.

„Wird es dir zuviel?" fragte Gudrun erstaunt. Dann dreh am besten gleich um. Von hier findest du noch leicht zur Fuchsenmühle zurück."

„Nein, nein, mir gefällt es sehr", widersprach Nicki sofort. „Ich wundere mich nur, weil ihr gar nicht sportlich wirkt."

„Aha", sagte Andrea, „na ja, dir sieht man das Sportmädel natürlich weit mehr an."

„Oh, so schlimm ist es gar nicht." Nicki redete betont bescheiden. „Ich bin nicht die Allerbeste in meiner Klasse."

„Sieh mal an!" antwortete Andrea grinsend. „Dabei hätte ich wetten mögen, daß du ein richtiges Sport-As bist."

Das Tempo blieb weiter sehr flott. Nicki hörte auf zu reden; wandern und reden – dazu reichte ihr Atem nicht.

„Hallo!" rief es da über ihnen. „Hallo!" Die Zwillinge und Hilda rasten den Berg herunter.

„Fallt nicht", schrie Gudrun ihnen entgegen und streckte die Arme aus, um sie zu stoppen. „Wo kommt ihr denn her?"

„Mamsell erzählte, daß ihr zum Heuberg wollt, und riet uns mitzugehen. Dürfen wir?"

„Aber klar", riefen beide Studentinnen fröhlich. „Warum habt ihr es nicht schon früher gesagt?"

„Weil wir es von Mamsell erst erfuhren, als ihr schon losgezogen wart. Aber wir haben euch doch eingeholt, das ist die Hauptsache."

„Übrigens habt ihr ein tüchtiges Tempo am Leibe, das muß man euch lassen", meinte Hilda.

Andrea lachte. „Also, flott weiter!" drängte sie dann.

Nicki hatte wortlos dabeigestanden. Mit diesen Mädchen, die sie gerade erst abgewimmelt hatte, sollte sie nun den ganzen Tag zusammen sein? Wie wurde sie die bloß wieder los? Und die Studentinnen unterhielten sich so vergnügt mit ihnen. Sie selber – Nicki – beachteten sie überhaupt nicht. Das war ja reizend! Wer war als Gast in der Fuchsenmühle, und wer arbeitete als Angestellte? dachte Nicki empört.

„Eure Mamsell ist ein Schatz", sagte Andrea gerade. „Wie macht sie sich als Lehrerin?"

Das war ein dankbares Thema. Die drei erzählten, und die Studentinnen kamen aus dem Lachen gar nicht mehr heraus. Zwischendurch plapperten sie sogar französisch – schade, daß Mamsell es nicht hörte!

Erstaunt lauschte Nicki. Die schienen ja alle in eine höhere Schule zu gehen, in ein Internat! Französisch sprachen sie bestimmt besser als sie selber; sie verstand von der Unterhaltung so gut wie nichts. Du liebe Zeit, da hatte sie ja gewaltig danebengetippt!

„Wieso arbeitet ihr eigentlich auf der Fuchsenmühle?" wandte sie sich zaghaft an Hilda.

Wenn sie aber geglaubt hatte, Hilda sei zugänglicher als die Zwillinge, hatte sie sich geirrt.

„Wir helfen", antwortete Hilda kurz und lief ein Stück vor zu Nanni und Andrea, die irgendeine Pflanze eingehend betrachteten.

„Treibt ihr Botanik?" fragte sie. „Studierst du Naturkunde?"

„Viel schlimmer", sagte Andrea lachend, „Pharmazie. Wir werden beide Apothekerinnen."

„Warum schlimmer?"

„Weil Apotheker oft wunderliche Leute sind . . ."

„Wunderlich?"

„Ja, mein Großvater zum Beispiel. Der zieht im Sommer zweimal in der Woche in den Wald – mit zwei Regenschirmen bewaffnet."

„Zwei Regenschirme? Wozu das? Auch bei Sonnenschein?"

„Nur bei Sonnenschein. Mit dem einen beklopft er die Baumstämme, den anderen spannt er auf und hält ihn umgedreht darunter."

Mit offenen Mündern lauschten die Mädchen. „Und wozu soll das gut sein?" fragte Nanni.

„Er sammelt Käfer."

„Schaut mal, ich habe schon vom vielen Laufen eine Blase!“ gesteht Nicki kläglich

„Für Arzneien?“ Nicki war herangekommen und hatte die letzten Sätze aufgeschnappt. Nun schrie sie entsetzt ihre Frage heraus.

Die anderen starrten sie einen Augenblick an und wollten schon losplatzen. Da sagte Gudrun todernst: „Ja, weißt du nicht, daß viele Käfer und Fliegen die besten Arzneien ergeben?“

„Natürlich, das weiß doch jeder“, murmelten die Zwillinge und Hilda sofort. – Sie hatten begriffen!

Hanni fügte hinzu: „Moderne Reformköchinnen wissen das auch. Wir haben schon ein paarmal Heuschrecken und Kartoffelkäfer für Gustels Salate suchen müssen.“

Nicki sah von einer zur anderen. Alle machten ernsthafte Gesichter. So sehr konnten sie sich doch wohl nicht verstellen? Ganz schlecht wurde dem armen Mädchen bei der

Vorstellung, daß sie am Mittwoch vielleicht zerschnippelte Kartoffelkäfer – und wer weiß, was noch alles! – zwischen den Gurkenscheiben verzehrt hatte!

Nicki hatte immer einen gewaltigen Appetit und aß tüchtig. Aber heute abend bringe ich keinen Bissen hinunter! dachte sie bei sich. „Wißt ihr das bestimmt?" fragte sie in der leisen Hoffnung, es sei bloß Spaß gewesen.

Doch alle fünf nickten, und Nicki fühlte sich plötzlich ganz schwach auf den Beinen. „Ich kann nicht weitergehen", gestand sie. „Mir geht bei eurem Tempo die Puste aus, und eine Blase habe ich bestimmt auch schon. Außerdem ist mir schlecht."

„Das hättest du wirklich eher sagen können", knurrte Andrea ärgerlich. „Was machen wir nun?"

„Wir müssen zurück", antwortete Gudrun. „Ohne uns findet sie von hier aus bestimmt nicht zur Fuchsenmühle."

„Ich kann ja auf euch warten", schlug Nicki vor. Es klang recht kläglich, denn sie würde sich in der Einsamkeit gräßlich fürchten.

„Kommt nicht in Frage", sagten alle fünf sofort und wie aus einem Munde.

Hilda meinte gutmütig: „Wenn ich nun allein mit ihr zurückwandere?"

„Und dich auch verläufst . . . nein. Wir drehen um – alle! Zeig mal deinen wehen Fuß, Nicki." Sie hatte wirklich eine große Blase an der linken Ferse. Aber die künftigen Apothekerinnen trugen Pflaster bei sich. Der schlimmste Schaden wurde schnell behoben.

Auch wenn der Ausflug mißglückt war, die gute Laune ließen sie sich doch nicht verderben. „Wir gehen an einem eurer nächsten freien Tage wieder los", versprachen die Studentinnen.

Nicki sagte nichts, sie humpelte verbissen und schweigend

neben den anderen her. Aber die nahmen weiter keine Notiz von ihr.

Für den Rückweg brauchten sie die doppelte Zeit.

Das Abendessen sah lecker aus. Bratkartoffeln, Rühreier und grüner Salat mit vielen frischen Kräutern. Nicki hatte großen Hunger. Trotzdem stocherte sie mißtrauisch mit der Gabel auf ihrem Teller herum.

„Was hast du bloß?“ erkundigte sich ihre Mutter erstaunt.

Nicki wollte erst nicht recht mit der Sprache heraus. Sie ahnte, daß die anderen Mädchen sie nur verspotten wollten. Aber die Unsicherheit quälte sie zu sehr. „Mutti“, fragte sie endlich leise, „verstehst du etwas von moderner Ernährung? Von Reformkochen und so?“

„Ich denke schon.“

„Hast du jemals gehört, daß man dabei auch Käfer verwendet? Oder Heuschrecken?“

„Natürlich“, schrie Michael, der selbstverständlich die Ohren gespitzt hatte, als Nicki mit der Mutter tuschelte. „Mistkäfer sollen vorzüglich schmecken.“

Und Peter machte sofort mit.

„Raupen“, jauchzte er, „hach, warum kriegen wir die nicht öfter?“

Am Nachbartisch waren sie aufmerksam geworden durch das große Gelächter, das Nickis Brüder anstimmten. Und Hanni, die ein paar Schritte von dem Tisch entfernt gerade Essen auftrug, merkte auch gleich, was dort los war. Jetzt schlug ihr das Gewissen.

Sie ging hinüber und sagte: „Nicki, das war doch alles bloß Spaß.“

Aber Nicki hatte schon den Teller beiseite geschoben. Weinend lief sie aus dem Zimmer. Hanni mußte nun den Eltern und Brüdern von Nickis komischen Fragen und ihren eigenen Aufschneidereien berichten . . .

So schlimm ist Nicki gar nicht!

Schön wurden die nächsten Tage für Nicki nicht. Sie langweilte sich gräßlich. Die Studentinnen waren meist unterwegs. Niemals forderten sie Nicki auf mitzukommen, und sie selber hütete sich zu fragen. Die Zwillinge und die anderen Lindenhof-Mädchen waren ihr gegenüber von eisiger Höflichkeit, und die Brüder zogen sie ständig auf. Sie brachten sogar Raupen mit an den Eßtisch. Aber da wurden die Eltern energisch und verbaten sich solchen Unfug.

Eines Tages schien es für Nicki einen Lichtblick zu geben. Neue Gäste kamen: ein Dr. Robin mit seiner Tochter. Und die war in Nickis Alter!

Endlich fand sie passende Gesellschaft! Sie war selig, als sie durch einen bloßen Zufall von diesen neuen Gästen hörte. Sie lauerte in der Halle, als das Auto ankommen sollte. Gegen zwei Uhr, hieß es! Tatsächlich, sie fuhren pünktlich vor. Die jungen Mädchen waren draußen auf der Wiese. Fräulein Roberts begrüßte die Gäste, sie schienen alte Bekannte zu sein. Nicki wartete auf die Gelegenheit, die Tochter anzusprechen. Da erschien zufällig Hanni. Sie wollte aus ihrem Zimmer ein Buch holen.

„Jenni!" rief sie überrascht und fiel der Freundin um den Hals. Zum Vergnügen der Erwachsenen und zu Nickis hellem Entsetzen vollführten sie aus Freude über das Wiedersehen einen Indianertanz in der Halle.

„Haben wir euch überrascht?" rief Jenni.

„Und wie!" Hanni lachte. „Die anderen werden Augen machen!" Dabei zog sie Jenni hinaus auf die Wiese. „Robby hat nichts verraten."

„Ro-Robby? Meinst du Fräulein Roberts?" fragte Jenni halblaut.

Hanni nickte. Jennis Eltern hatte sie fast vergessen. Nun lief sie erst noch einmal zurück und holte das Versäumte nach.

Nicki aber war inzwischen auf den Balkon ihres Zimmers geschlichen. So ein Pech! Von unten hörte sie die fröhliche Begrüßung auf der Wiese und hörte auch Jennis Ankündigung: „Solange wir hier sind, helfe ich natürlich auch. Meine Eltern sind einverstanden."

Doch so eingebildet, wie Nicki zuerst getan hatte, war sie längst nicht mehr. Zwei Tage später hörte sie zwei Lindenhof-Mädchen miteinander reden. Sie wollte nicht lauschen, doch die beiden standen genau unter ihrem Balkon.

Rose Grill sagte: „Pech, daß gleich alle beide ausfallen. Und Robby hat nun statt Hilfe noch Arbeit mit der Pflege."

„Ob Mamsell nicht hilft?"

„Glaub ich nicht. Robby fühlt sich bestimmt verantwortlich. Die Ärztin hat die beiden vorhin untersucht, und Monsieur Marcel ist zur Apotheke gefahren. Na ja, eine eitrige Mandelentzündung, das kann schlimm sein."

„Ob es lange dauert?"

„Ich weiß nicht. Wir müssen uns jedenfalls anstrengen, daß wir die beiden ersetzen. Hoffentlich kommen in den nächsten Tagen nicht gerade neue Gäste."

Als sie weitergingen, dachte Nicki lange nach. Einfach ist es nicht, wenn man sein dummes Benehmen wiedergutmachen will. Das kostet schon Überwindung! Doch Nicki gab sich einen Ruck. Sie stieg die Treppe hinauf zur Mansarde. Ungefähr wußte sie, in welchem Zimmer die drei großen Mädchen wohnten. Erst horchte sie ein bißchen – ja, sie schienen im Zimmer zu sein! Nicki klopfte und öffnete auf das „Herein!" zaghaft die Tür.

„Nanu?“ Vier Augenpaare sahen sie erstaunt und neugierig an. Jenni war natürlich auch bei den Freundinnen.

Nicki schluckte und redete schnell drauflos: „Ich habe erfahren, daß zwei von euch krank sind und daß ihr deshalb ein bißchen viel zu tun habt. Kann ich euch helfen?“ Und als die vier darauf nichts sagten, weil sie wirklich stumm vor Erstaunen waren, plapperte Nicki schleunigst weiter: „Ich weiß schon, was ihr denkt. Und ich habe mich tatsächlich sehr blöd benommen. Das tut mir längst leid. Bitte!“

Nanni räusperte sich, und Hilda wollte gerade zu reden anfangen. Doch Hanni war wieder einmal am schnellsten. „Na also!“ rief sie lachend. „Da brauchen wir ja nichts weiter zu sagen. Und wenn du wirklich helfen willst, dann ist es prima. Schwamm über alles!“ Sie drehte sich zu den anderen hin: „Oder was meint ihr?“

„Richtig. Wir finden das so in Ordnung“, sagte Hilda. „Und außerdem ist es großartig, daß du gekommen bist.“

Nanni nickte.

An diesem Abend schaute Michael erstaunt und gab seinem Bruder einen Knuff in die Seite. „Du, ich kann nicht mehr richtig gucken. Kneif mich mal, damit ich merke, ob ich nicht träume.“

Gekniffen wurde er, sogar kräftig. Das Traumbild blieb: Da stolzierte seine Schwester Nicki hinter Hilda her und balancierte ein bißchen ängstlich ein Tablett. Darauf stand das Abendessen für ihre Eltern und ihre Brüder. „Laßt es euch gut schmecken!“ sagte sie, als sie mit Hilfe ihrer Mutter und ihres Vaters ermunterndem Lächeln alles auf den Tisch gestellt hatte. „Ich esse nachher gemeinsam mit den anderen.“

„Wunder gibt es also wirklich“, knurrte Peter vor sich hin. Er war ein gescheiter Junge und ahnte, daß seine Schwester ihr Unrecht eingesehen hatte.

Für Nicki gab es noch ein paar vergnügte Tage, und als sie sich Ende der Woche verabschieden mußte, weil der Urlaub ihres Vaters zu Ende ging, da winkten ihr die anderen Mädchen herzlich nach. Von Fräulein Roberts bekam sie ein kleines Album mit Bildern aus der Fuchsenmühle. Auf dem letzten Bild war sie selber drauf, wie sie mittags beim Servieren half.

„Das hat Nanni heimlich geschossen und selber entwikkelt", erklärte ihr Fräulein Roberts. „Sie kann das erstaunlich gut."

Ein weitgereister Mann

Mamsell hatte ursprünglich nur vierzehn Tage bleiben wollen. Davon erwähnte sie nichts mehr. Es gefiel ihr ausgezeichnet, und Fräulein Roberts fand in ihr eine wirkliche Hilfe in der Küche.

Mamsellchen freilich mußte sich ein paarmal gewaltig wundern: Zweimal hatte sie verschlafen. Wieso krähte seitdem jeden Morgen genau um sieben Uhr ein Hahn unter ihrem Fenster? Sie guckte sich überall nach Hühnern um, aber sie sah keine. Sie fragte Fräulein Roberts danach. „Hühner?" war die erstaunte Gegenfrage. „Die haben wir nicht."

Unter dem Zimmer am Flurende, das sie bewohnte, hauste ein alter Herr. Auch bei ihm erkundigte sie sich.

„Ich habe nichts gehört", versicherte er. Allerdings war er immer schon sehr zeitig unterwegs.

„Könnt ihr krähen?" fragte Mamsell schließlich die Zwillinge.

„Krähen?" Hanni und Nanni schüttelten sich vor Lachen. „Wir sind doch keine Hähne."

Mamsell beschloß, sich auf die Lauer zu legen. Sie stellte ihren Wecker auf halb sieben und setzte sich ans Fenster.

Kein Hahn krähte... Wohl aber rasselten hinter ihr im Zimmer Punkt sieben zwei Wecker, der eine ganz schrill, der andere mit blechernem Scheppern. Erschrocken wandte sie sich vom Fenster ab und suchte nach den Weckern. Doch die hatten inzwischen aufgehört zu läuten. Mamsell konnte beim besten Willen nicht feststellen, wo sie versteckt waren. Aber während sie noch herumsuchte, hörte sie von draußen ein kräftiges „Kikeriki!“

Da gab sie es auf. Sie ließ ihren Wecker jeden Tag um halb sieben klingeln und kam immer pünktlich.

„Am frühen Morgen ist eigentlich die schönste Zeit“, erklärte sie schließlich ihrem Landsmann Marcel.

Der nickte lächelnd und ließ sich von den Zwillingen seinen alten Wecker zurückgeben. „Nicht mehr nötig“, sagte er.

Mit Herrn Marcel hatten die Mädchen dicke Freundschaft geschlossen. Es war zur Gewohnheit geworden, daß alle mittags und abends, sobald die Gäste „abgefüttert“ waren – wie die respektlose Hanni sich ausdrückte –, im großen Eßzimmer ein paar Tische zusammenrückten und mit Fräulein Roberts, Mamsell und Herrn Marcel zusammen aßen. Das wurden immer sehr vergnügte Mahlzeiten. Ab und zu, wenn sie sich besonders wohl fühlte, kam auch die alte Frau Wendland dazu und hatte ihren Spaß an der großen lebhaften Tischrunde. Natürlich durfte auch Jenni dabeisein.

Sie war todunglücklich, als sie sich nach einer Woche wieder verabschieden mußte. „Die ganze Italienreise kann mir gestohlen bleiben!“ sagte sie zu den Zwillingen. „Ich möchte tausendmal lieber hier bei euch und bei Robby bleiben.“ Aber das half nichts.

Ja, und in solchen Stunden erzählte Monsieur Marcel sehr

oft von großen Reisen, die er gemacht hatte. Sein Gespräch begann dann so: „Madame, das Essen war wieder vorzüglich. Besser bekommt man dieses Reisgericht auch bei den Chinesen nicht. Nur, daß man dort am Meer die Kokospalmen rascheln hört und man seinen Reis auf Holzstäbchen jongliert . . ." An einem anderen Abend, als man in allen Himmelsrichtungen Wetterleuchten sah, fragte er: „Hat jemand schon einmal die Nordlichter über den nächtlichen Himmel tanzen sehen, diese bunten, breiten Bänder in der Polarnacht . . .?"

Im Augenblick war es dann mäuschenstill, alle warteten auf die Erzählung, die nun folgte.

„Sie sind ja ein Dichter, lieber Marcel", sagte Frau Wendland einmal, und Mamsell rief entzückt: „Vraiment, un poète!"

Was war er wohl wirklich? Darüber zerbrachen sich die Mädchen den Kopf. Doch sie scheuten sich, ihn selber zu fragen. „Vielleicht war er in der Fremdenlegion", meinte Erika, die viel in den alten Illustrierten schmökerte, die überall in den Bücherregalen herumlagen.

Aber ihre Freundin Conny tippte ihr liebevoll an die Stirn. „Die Fremdenlegion ist doch in der Wüste. Meinst du, die Polarlichter sind dort zu sehen?"

„Schiffsarzt?" schlug Hilda vor. Das konnte schon eher sein.

„Oder Diplomat", meinte Hanni.

Sie rätselten noch viel herum. Doch sie kamen nicht darauf. Auf jeden Fall fanden alle den Herrn Marcel sehr, sehr nett und rannten, sobald er einmal einen Wunsch äußerte, nach einem Sprudel oder einem Bier.

„Eigentlich könnte er doch Robby heiraten", sagte Hanni eines Abends, als sie schon im Bett lagen und kurz vor dem Einschlafen waren.

„Was . . . wer?" Hilda und Nanni fuhren fast erschrocken auf. Doch sie errieten sofort, an wen Hanni gedacht hatte.

„Mach doch ein Heiratsbüro auf", rief Hilda. „Die ersten Opfer hast du ja schon." Sie lachten, schliefen dann aber bald ein. Im Hindämmern dachten die beiden andern: So dumm ist Hannis Idee gar nicht.

Aufregung um einen Ausreißer

„Haben Sie Christian gesehen?" fragte Frau Strube atemlos an der Tür von Fräulein Roberts' Büro. Sie war die Mutter des kleinen Buben und der beiden größeren Mädchen.

„Nein."

„Er ist fort."

„Fort?" Fräulein Roberts kam sofort hinaus auf den Flur und trommelte alle Mädchen zusammen. „Christian Strube ist verschwunden. Bitte helft uns suchen."

Vor dem Haus standen Christians Schwestern Birgit und Liesel. Sie machten ganz betroffene Gesichter.

„Hab ich euch heute morgen nicht ausdrücklich gesagt, daß ihr auf den Kleinen aufpassen müßt, solange ich zu schreiben habe?" fuhr ihre Mutter sie an. „Wo habt ihr den Buben zuletzt gesehen?"

„Am Sandkasten", sagte Birgit kleinlaut.

„Wann war das?"

„Vor ein paar Minuten", stotterte Liesel.

Aufgeregt wandte sich Frau Strube an Fräulein Roberts: „Haben Sie schon einmal solche lieblosen und unzuverlässigen Geschöpfe gesehen?" fragte sie. „Ich mute ihnen wahrhaftig nicht oft zu, auf Christian aufzupassen. Aber nicht einmal, wenn es ausnahmsweise geschieht, achten sie auf ihn. Mein armer kleiner Bub", jammerte sie. „Wohin mag er bloß gelaufen sein?" Nach den Mädchen sah sie sich nicht mehr um.

„Christian ist verschwunden!" erklärt Frau Strube verzweifelt

Für die zehnjährige Birgit war das zuviel. Nanni sah, wie sie laut weinend hinauslief, und nahm sich vor, bald nach ihr zu schauen.

Einstweilen aber gab Herr Marcel Anweisungen an jeden, der bei der Suche helfen wollte. Alle meldeten sich – sogar die alte Lehrerin, die sich sonst bei gemeinsamen Unternehmungen nie beteiligte. Monsieur Marcel war der reinste Feldherr, fanden die Mädchen. Er zeichnete auf ein paar Wegekarten der Umgebung, wie Fräulein Roberts sie stets für ihre Gäste bereithielt, jedem einzelnen auf, wo er suchen sollte. „Immer zu zweit gehen", sagte er. „Dann kann einer bei dem Ausreißer bleiben, wenn Sie ihn finden. Der andere kann uns Nachricht bringen. Fräulein Roberts bleibt hier bei der Mutter und Mademoiselle." (Er sagte nicht „Mamsell"!)

Christians Schwestern waren noch nicht wiederaufgetaucht, die anderen Kinder und jungen Mädchen wurden den Älteren zugeteilt. Nanni sollte mit der Lehrerin gehen. Sie verzog das Gesicht, doch sie widersprach nicht, sondern zog mit der Dame los. Zuerst schwiegen beide. Dann platzte Nanni plötzlich heraus: „Dort hinten – ein Reh! Es hat uns noch nicht bemerkt." Sie blieben stehen und beobachteten ein paar Augenblicke lang das Tier, wie es nach allen Seiten sicherte, dann äste und plötzlich davonsprang.

„Du hast scharfe Augen", sagte die Lehrerin. Der Bann war gebrochen. Mit einem Mal erzählten beide von ihren Schulen, Nanni voll Begeisterung, die Lehrerin von manchem Ärger, den sie mit ihren Schülern hatte.

„Sind Sie sehr streng?" fragte Nanni treuherzig. „Vielleicht versuchen Ihre Mädchen deshalb, Sie zu ärgern." Kaum war die Frage heraus, erschrak sie. War es nicht frech, so zu reden?

Doch die Dame nahm es nicht übel. „Zu streng?" fragte sie. Das glaube ich gar nicht. Doch ich fürchte, ich habe zuwenig Kontakt zu den Mädchen – wenn du verstehst, was ich meine."

„Nicht ganz", gab Nanni zu.

„Ich meine, daß die Kinder mich im Grunde zuwenig interessieren. Ich versuche, Ihnen möglichst viel beizubringen. Das ist mein Beruf. Doch wie sie sind, ob lebhaft oder still, ob musikalisch oder für Sprachen oder für Handarbeit begabt, ob sie Geschwister haben, ob sie in den Ferien verreisen und wie sie untereinander befreundet sind, das ist mir gleichgültig. Wahrscheinlich ist das grundfalsch. Ich merke es an eurer Lehrerin, der französischen Dame. Die lebt mit euch. Schüler sind keine leeren Pappdosen, die man füllt und in die Welt hinausschickt."

Nanni sah die Dame von der Seite an. Der Vergleich war gut: Sie hatte also bloß Wissen in die Mädchen hineingestopft – sonst waren sie ihr gleichgültig geblieben.

„Aber von nun an wird es anders", fuhr die Lehrerin fort. „Ich werde mich bald mit eurer guten Mamsell darüber unterhalten."

Da werden sich die Mädchen an ihrer Schule sehr wundern! dachte Nanni im stillen.

Plötzlich zeigte die Dame auf ein Tuch. „Ein Kindertaschentuch! Das könnte Christian verloren haben." Es hing an einem Busch, hinter dem ein schmaler Pfad vorbeilief. Neugierig sahen sie sich um. Kaum zu glauben: Da lag der kleine Bursche, nicht weit davon entfernt, im Gras und schlief friedlich!

Einen Augenblick betrachteten sie ihn stumm. Dann stieß Nanni ein ehrliches „Gott sei Dank!" aus und erklärte sofort: „Ich laufe schnell zurück. Würden Sie sich um den Jungen kümmern?"

„Natürlich! Beeile dich, damit die Mutter sich keine Sorgen mehr zu machen braucht."

Nanni flog förmlich durch den Wald und winkte schon von weitem, als sie Frau Strube neben Fräulein Roberts am Zaun warten sah. „Gefunden!" rief sie und schilderte, wo Christian war.

„Bringst du mich hin?" bat Frau Strube, während Fräulein Roberts ins Haus ging, um das verabredete Zeichen zu geben: Der Hausdiener sollte aus einem uralten Jagdgewehr drei schüsse abschießen, die weit ins Tal und durch den Wald dröhnten. So hatte es Herr Marcel angeordnet.

Frau Strube rannte beinahe. Nanni, die sowieso außer Atem war, mußte sich anstrengen, um Schritt zu halten. „Erschrekken Sie ihn nicht“, bat sie, als sie sich der Stelle näherten, wo Christian geschlafen hatte. Doch ihre Warnung war nicht nötig. Sie hörten den Jungen vor Vergnügen laut krähen und sahen ein unerwartetes Bild: Die alte Lehrerin saß mit ihm auf einem Baumstamm und bemühte sich, auf einem Blatt zu blasen. Sie brachte aber bloß ein paar Quietscher und Quäktöne zustande. Deshalb lachte Christian herzlich.

Doch als er die Mutter sah, schrie er und rannte ihr entgegen.

„Christian, warum bist du nur weggelaufen?“ fragte sie vorwurfsvoll. „Wir haben solche Angst um dich gehabt.“

Er sah sie listig von der Seite an: „Zwerge suchen und Bären fangen.“

Er fühlte sich als Held des Tages, sobald er wieder in der Fuchsenmühle war. Nur, daß ihn die Damen alle in den Arm nahmen, fand er albern. Da war es doch viel schöner, daß Herr Marcel ihn auf die Schulter schlug und fragte: „Wolltest du auf Abenteuer gehen, junger Mann?“

„Wollte ich“, antwortete er ernsthaft und nickte.

„Eigentlich geht es wieder einmal ungerecht zu“, sagte Hanni entrüstet zu den anderen. „Mit dem Ausreißer wird so viel Theater gemacht. Sie feiern ihn beinahe als Helden. Seine Schwestern dagegen werden regelrecht geschnitten. Alle tun, als hätten sie wer weiß was verbrochen, und sie sind doch auch noch klein.“

Ja, wo waren die Mädchen eigentlich? Sie hatten doch seit Mittag nichts mehr gegessen. Frau Strube machte sich deshalb anscheinend keine Sorgen. „Christielein“, rief sie immer wieder, „wo steckst du? Lauf nicht etwa wieder fort.“

Dem kleinen Burschen schien es nicht sonderlich zu gefallen, daß die Mutter ihn nicht aus den Augen ließ. Immerhin machte er das Beste daraus, ließ sich mit Leckereien füttern, bekam Eis und Kuchen, soviel er wollte. Seine Mutter las ihm sogar Geschichten vor.

Beim Abendessen saßen die beiden noch allein am Tisch. Niemand fragte nach Birgit und Liesel – nicht einmal, als Frau Strube Christian versprach, an diesem Abend ebenfalls zeitig schlafen zu gehen.

Hanni aber hatte die Mädchen entdeckt. Sie hockten am Waldrand – ein bißchen getröstet, weil Christian wieder da war, aber verängstigt und . . . hungrig. Hanni versorgte sie und holte sie schließlich ins Haus. Sie atmeten auf, weil die Mutter schon schlafen gegangen war.

„Wollt ihr nicht auch zu Bett gehen?“ fragte Hanni.

„Nein.“ Birgit schüttelte heftig den Kopf. „Wir gehen nicht hinauf. Mutter schlägt uns.“

„Aber, hört mal . . .“ Hanni sah die beiden ratlos an. Zu ihrer Erleichterung entdeckte sie ihre Schwester in der Nähe. „Komm bitte mal her, Nanni!“ rief sie und berichtete ihr von den Mädchen.

„Wieso glaubt ihr, daß eure Mutter euch haut?“ fragte Nanni.

„So ist es doch immer“, sagte Liesel. „Wir sind jedesmal schuld, wenn Christian etwas angestellt hat.“ Nanu, das klang sonderbar. Die Zwillinge wurden hellhörig.

„Wie kam es denn, daß er heute fortlief?“ fragte Hanni.

„Er hatte einen Ball dabei. Den warf er in die Büsche. ‚Holt ihn mir!‘ rief er. – ‚Such ihn doch selber!‘ habe ich geantwortet. Aber Birgit meinte: ‚Dann ruft er nach der Mutter, und sie will doch schreiben. Komm, wir suchen lieber.‘ Ja, und als wir zurückkamen, war Christian fort. Er hat es bestimmt so angestellt, damit er ausreißen konnte.“

„Na, da ist der Knirps aber ganz schön raffiniert", sagte Nanni. „Weiß eure Mutter das nicht?"

Die zwei zögerten mit der Antwort.

„Was sagt denn euer Vater dazu?" bohrte Nanni weiter.

„Papi ist wenig zu Hause. Jetzt muß er gerade wieder in Dänemark eine Maschine aufstellen. Papi ist prima. Da traut sich Christian auch nicht, solche Dummheiten zu machen."

Hanni und Nanni sahen sich an. Die Mutter war vernarrt in den kleinen Buben, in ihr Nesthäkchen. Und deshalb war sie ungerecht zu den Mädchen. Empört sagte Hanni: „Dann schlaft ihr heute nacht eben bei uns!"

Sie liefen alle vier hinauf in die Mansarde, wo Hilda gerade einen Brief schrieb. Möglichst lautlos schoben sie die Betten nebeneinander und richteten für Birgit und Liesel das Lager. „Ihr müßt euch mit den Besuchsritzen begnügen", sagte Nanni lachend. „Ich bringe nachher noch ein paar Decken mit. Abendbrot bekommt ihr auch."

Aber die beiden schliefen längst, als die drei Großen wieder ins Zimmer kamen.

„Gespannt bin ich doch, was die Mama Strube morgen früh sagt", erklärte Nanni noch im Einschlafen.

Nun, es gab wieder ein Gezeter. Birgit und Liesel waren mit den Großen aufgestanden und hinuntergegangen. Sie halfen, die Tische fürs Frühstück zu decken, holten die Brötchen herein, die der Bäcker aus dem nächsten Dorf kurz nach sieben ablieferte, und zählten sie in die Brotkörbe.

„Ihr seid ja tüchtige Hilfen", sagte Fräulein Roberts erstaunt. „Da haben es meine Mädels heute ja gut." Vom Tag vorher erwähnte sie nichts.

Doch dann flog die Küchentür auf. Frau Strube – mit Christian an der Hand – stand empört im Raum. „Stellen Sie sich vor, Fräulein Roberts, heute sind meine Töchter verschwunden. Wahrscheinlich beleidigt! Na, wenn ich die erwische!"

„Aus Angst haben die Mädchen bei uns geschlafen!“
ruft Hanni erbittert

„Aber sie waren doch eben hier.“ Fräulein Roberts sah die Dame verwundert an. „Ich habe sie gerade gelobt, weil sie uns so fleißig helfen.“

„So? Und wo haben sie sich in der Nacht herumgetrieben? Ich habe vorhin entdeckt, daß ihre Betten unberührt sind.“

„Bei uns haben sie geschlafen.“ Hanni trat vor und sah Frau Strube empört an. „Weil sie sich nämlich nicht in ihr Zimmer wagten. Sie fürchteten, daß Sie sie schlagen würden.“

Frau Strube wurde hochrot.

Nanni stellte sich neben die Schwester und sagte kriegerisch: „Ja, wie Sie es früher schon taten, wenn Christian etwas angestellt hat. Wissen Sie, wie alles gestern zustande kam?“ Und sie berichtete – freilich mehr an Fräulein Roberts gerichtet –, was Birgit und Liesel erzählt hatten. Frau Strube sagte immer noch nichts. Christian schwieg ebenfalls.

Doch Fräulein Roberts wandte sich an die Dame: „Mir scheint, da haben die Zwillinge ein bißchen voreilig gehandelt, und ich entschuldige mich deshalb für sie. Aber wir selber sind genauso voreilig gewesen, als wir Christians Schwestern ohne weiteres alle Schuld in die Schuhe schoben. Ihr kleiner Sohn scheint recht genau zu wissen, wie er seinen Willen durchsetzen kann?“

Was gab es weiter zu sagen? Frau Strube machte kehrt und zog Christian hinter sich her. Als sie Birgit und Liesel draußen entdeckte, rief sie bloß: „Kommt, wir wollen frühstücken.“ Weiter wurde nicht über die Sache gesprochen.

Nur Mamsell strich im Vorbeigehen den beiden Schwestern über die Köpfe und sagte lächelnd zur Mutter: „Sie sind reizend, diese beiden.“

Lächerliche Zierpuppen

„Eigentlich hat Robby jetzt doch ein feines Leben“, hatte Rose Grill eines Tages gesagt, als die Lindenhof-Mädchen alle zusammensaßen, um einen Gruß an ihre Direktorin zu schicken. „Sie hat gewiß viel Arbeit, aber dafür lauter nette Leute um sich und braucht sich nicht mehr über ihre Schülerinnen zu ärgern.“ Die anderen hatten genickt.

Als dann Herr und Frau Kersten ankamen, änderten sie ihre Meinung ein wenig. Der Ärger fing bei der Ankunft an.

„Das ist ja eine hoffnungslos einsame Gegend“, zeterte Frau Kersten. „Weit und breit keine Ortschaft außer ein paar lumpigen Dörfern! Was hast du dir nur gedacht, Leo, mich hierherzuschleppen? Was fangen wir den ganzen Tag an?“

„Du weißt ja, Liebes, unser zweiter Direktor war im Frühsommer hier und lobte das Haus über alle Maßen. Er hat auch nette Leute hier getroffen."

„Nette Leute – was der schon darunter versteht! Glaubst du im Ernst, hierher käme auch nur ein einziger Künstler? Langweilen werde ich mich, wo ich doch so kunsthungrig bin ..."

So ging es noch eine ganze Weile weiter. Die beiden standen in der Halle. Fräulein Roberts konnte in ihrem Büro jedes Wort verstehen und die Gäste auf der Terrasse wahrscheinlich auch. Hetti und ihre Schwester Margot warteten. Sie wollten die beiden auf ihr Zimmer bringen. Monsieur Marcel hatte sie von der Bahn geholt und beobachteten nun schweigend diese seltsame Einführung.

Fräulein Roberts kam aus ihrem Zimmer und grüßte freundlich. „Ich hoffe, Sie werden sich bei uns wohl fühlen", sagte sie.

Herr Kersten verbeugte sich. „Davon bin ich überzeugt." Seine Frau schwieg.

„Hetti, bitte führe Herrn und Frau Kersten hinauf. Sie bekommen das Südzimmer mit dem Balkon. Margot, nimmst du die Koffer?"

Als sich die Tür schloß, sah Fräulein Roberts Herrn Marcel an. Der zuckte mit den Schultern.

Die Schwestern Margot und Hetti kamen wutschnaubend zurück.

„Die ist aber garstig", schalt Margot in der Küche, wo Hilda und die Zwillinge wieder einmal bei Gustel hockten und naschten. „An allem fand sie etwas auszusetzen und zu mekkern. Der Schrank war zu schmal, der Balkon zu klein. Sie braucht ein zweites Kopfkissen ... So ging das dauernd. Fräulein Roberts wird noch ihre helle Freude an ihr haben!"

Die anderen Gäste fanden bald heraus, was los war. Herr Kersten erschien meist gut gelaunt, höflich und freundlich.

Doch sowie seine Frau auftauchte, sank seine Stimmung auf den Nullpunkt. „Erbötig" – das war Erikas Ausdruck für ihn. Erbötig rückte er ihr den Stuhl zurecht, schob ihr den Semmelkorb hin und nickte zu all ihren Bemerkungen. Meist fragte sie zuerst nach der Zeitung, besonders nach der Seite mit den Theaterkritiken.

„Oh, sieh mal, da hat wieder einer von unseren Freunden im Rosenkavalier gesungen. Und ich habe es nicht gehört! Es ist schrecklich. Sollen wir nicht lieber nach Wien fahren?" Und sie verriet den Gästen am Nachbartisch, die ihr zunächst erstaunt lauschten: „Ich kenne ja fast alle bedeutenden Sänger – privat, meine ich. Bei vielen war ich schon eingeladen oder habe mich unterwegs auf ihren Gastspielreisen mit ihnen getroffen. Das sind immer himmlische Stunden, von denen ich lange zehre. Ist es nicht so, Leo?" fragte sie ihren Mann.

„Ja, genauso", bestätigte er schnell. „Wissen Sie, meine Frau kann sich nach solchen Aufführungen so begeistern, daß sie oft noch klatscht, wenn die meisten schon gegangen sind. Und wenn wir einmal nicht zusammensitzen können, dann höre ich sie wenigstens laut ‚Bravo!' rufen."

Die ersten Male hörten die anderen höflich zu, dann wanderten sie aber zu einem anderen Tisch. Wenn Frau Kersten nur in ihre Nähe kam, suchten sie das Weite.

„Können wir die nicht einmal verulken?" fragte Nanni.

Lust hatten alle dazu. Würde es aber für Robby nicht peinlich werden? Da kamen ihnen ihre Freundinnen Bobby und Carlotta zu Hilfe. Bobby hatte von Jenni gehört, wie schön es in der Fuchsenmühle war. Sie hatte mit Carlotta telefoniert und es fertiggebracht, daß sie beide für ein paar Tage mit den Rädern und einem Zelt losfahren durften. So kamen sie überraschend in der Fuchsenmühle an.

Großes Hallo! „Wo wollt ihr aber schlafen?" fragte Hilda. „Gerade jetzt ist alles besetzt."

„Im Zelt natürlich. Das haben wir in den vorigen Nächten auch getan."

„Ihr habt doch hinterm Haus eine große Wiese", sagte Carlotta. „Das ist bestimmt ein herrlicher Zeltplatz."

„Wir müssen aber zuerst Robby fragen", meinte Hilda.

„Robby? Wer ... du meinst doch – bitte schön – nicht etwa unser gestrenges Fräulein Roberts?"

„Genau die!"

„Robby! Klingt fast wie Bobby." Carlotta grinste. „Vielleicht wird sie dir noch ähnlich, Bobby."

„Kinder, sie ist einfach süß."

„Süß? Na, da muß sie sich aber gewaltig geändert haben. Als süß habe ich sie wirklich nie empfunden."

Sie überschrien sich fast in ihrer Wiedersehensfreude und merkten gar nicht, daß eine fremde Dame herangekommen war. „Hallo", flötete sie, „kann mir jemand helfen?"

Die Zwillinge und Hilda sprangen sofort zu ihr hin und grüßten höflich.

„Ich bin Elfi Merula", stellte sich die Dame vor, „Journalistin und speziell Theaterkritikerin. Eigentlich bin ich erst für morgen angemeldet. Doch mich nahmen Freunde, ein Sängerehepaar, in ihrem Wagen mit. Leider mußten sie sofort weiterfahren, sonst hätte ich den Meister, Professor Dusch, gebeten, ein paar Lieder hier vorzutragen. Als Entschuldigung für mein vorzeitiges Kommen. Sie kennen gewiß Edward Dusch, nicht wahr? Elvira Keith ist seine Frau und Managerin. Sie ist früher selber aufgetreten, sogar an der Mailänder Scala!"

Das prasselte alles – ohne Punkt und Komma – auf die Mädchen ein. Als die Dame endlich Atem schöpfte, erschien gerade Mamsell. Sie stieß einen Schrei aus, weil sie Bobby und Carlotta entdeckte, und strahlte.

„Daß sich ausgerechnet Mamsell freut, uns zu sehen, ist kaum zu glauben", murmelte Carlotta.

„Ferienstimmung, ma chère“, antwortete Nanni lachend.

Hilda hatte unterdessen die Dame Merula vorgestellt.

„O lala“, sagte Mamsell, die anscheinend von der Dame sehr beeindruckt war. „Sie haben Glück. Ihr Zimmer ist vor einer halben Stunde frei geworden, n'est-ce-pas, Hilda? Es muß ganz schnell gerichtet werden. Bitte, haben Sie ein wenig Geduld.“

„Sind Sie die Besitzerin?“ fragte Frau Merula.

„Non, non“, wehrte Mamsell erschrocken ab. „Fräulein Roberts ist zur Stadt gefahren, ich vertrete sie nur.“

„Na, da wird unsere liebe Frau Kersten aber selig sein, wenn ein bißchen Kultur einzieht“, sagte die kleine Conny trocken, als sie von dem Zuwachs hörte.

Sie freuten sich aufs Abendessen, denn daß sie Frau Merula zu Kerstens an den Tisch setzten, war von vornherein selbstverständlich. „Dann können sie sich gegenseitig beeindrukken.“

„Merula?“ fragte Herr Marcel, der eine Stunde später mit Fräulein Roberts aus der Stadt kam. „Merula – das heißt Amsel.“

„Unsere Amsel flötet“, hieß es von da ab, wenn Frau Merula den Mund auftat.

Fräulein Roberts nahm Bobby und Carlotta freundlich auf. Als die Mädchen alle zusammen abends auf der Wiese saßen, kam sie mit Frau Wendland und Gustel dazu. „Ich muß doch alle meine Schäfchen vorführen“, erklärte sie.

Die „Schäfchen“ lachten und gaben einen ausgelassenen Bericht von dem „Künstlertisch“ zum besten. Die „Amsel“ hatte sich natürlich als Journalistin und Theaterkritikerin vorgestellt.

„Ach, wie entzückend“, hatte Frau Kersten gerufen, „jemand aus der künstlerischen Branche.“

Wie eingebildet manche Gäste sind!

„Branche", Frau Wendland lachte. „Kunst und Branche, das paßt zusammen wie ... wie ..."

„... wie Zwiebeln und Eiskaffee", schlug Bobby vor.

Dann hatte die Amsel von ihren Sängerfreunden erzählt, die sie hergefahren hatten.

„Dusch ... Dusch?" Frau Kersten kannte den Namen nicht.

„Ach, er singt in letzter Zeit wenig", hatte die Amsel schnell erläutert. „In der Hauptsache ist er Gesangspädagoge. Deshalb auch Professor."

„Ach so ..." Frau Kersten war mehr für alles zuständig, was auf den Bühnen passierte. Die Amsel wollte nicht nachstehen, und nun warfen sich beide in edlem Wettstreit viele Namen an den Kopf und redeten sehr gescheit ...

„Herr Kersten konnte heute wenigstens einmal in Ruhe essen“, meinte Hilda lachend. „Er brauchte nicht ständig zu nikken: ‚Gewiß, meine Liebe!‘, oder: ‚Ja, ich entsinne mich.‘ Seine Frau hatte ein neues Opfer.“

Die Amsel war auch nicht still gewesen. Meist redeten die beiden Damen gleichzeitig.

„Das ist echtes Theater“, hatte die Ärztin zu ihrer Freundin gesagt. Die beiden konnten sich an diesem Abend gar nicht vom Speiseraum trennen. Die Malerin hatte wie besessen gezeichnet.

Nanni erzählte: „Ich bin fast geplatzt vor Neugier und zu ihr hinübergegangen. Aber die Malerin sagte bloß: ‚Nichts verraten! Heute abend könnt ihr mich besuchen und euch das Bild anschauen.‘“

Das war natürlich geschehen. Margit hatte unter das Bild „Les précieuses ridicules“ geschrieben.

„Was heißt das?“ fragte die kleine Conny.

„Sag am besten: Lächerliche Zierpuppen“, erklärte ihr Hilda. Dies alles erzählten sich die Mädchen auf der Wiese, und ihre Zuhörer amüsierten sich köstlich.

Nun hatten die Mädchen eine Idee, wie sie Frau Kersten zum besten halten konnten, ohne daß Fräulein Roberts in Verlegenheit geriet. Sie besprachen es, als die Erwachsenen gegangen waren.

Bobby und Carlotta waren für die Gäste der Fuchsenmühle bisher ja kaum in Erscheinung getreten. Hanni richtete es am nächsten Tag so ein, daß sie mit Hilda gerade unter Kerstens Balkon sprach: „Nett, daß Roberta und Carlotta ihre Tournee hier unterbrochen haben“, sagte sie laut. „Ich dachte immer, wenigstens Carlotta würde bald einmal auftreten . . .“ Auf dem Balkon oben wurde vorsichtig ein Stuhl gerückt. „Ob auch Rena Latour bald aus den Ferien zurückkommt?“

Rena Latour war die Mutter einer Klassenkameradin, die

kurze Zeit in Lindenhof gewesen war. Die Mutter hatte ihre Tochter dort besucht, und alle Schülerinnen waren begeistert von der großen Schauspielerin.

„Wir wollen ihr bald einmal schreiben“, sagte Hilda.

„Ach, vielleicht trifft Carlottas Vater sie im nächsten Vierteljahr in Wien. Dann fahren wir einmal hin.“

Die Mädchen gingen langsam weiter. Der Schatten des Balkons fiel auf ihren Weg, und sie erkannten einen Kopf, der sich über die Mauer beugte. Ihr Gespräch hatte gewirkt!

„Sag mal“, fing Frau Kersten mittags prompt an, als Hanni die Suppe brachte, „was sind das für zwei junge Mädchen, die gestern eintrafen? Ich sehe sie nirgends.“

„Oooch“, antwortete Hanni betont lässig, „das sind ein paar Freundinnen von uns.“

„Wie heißen sie denn?“

„Roberta und Carlotta.“

„Soso ... Habe ich die Namen nicht schon einmal gehört?“

„Glaub ich nicht“, sagte Hanni. „Sie treten ja unter ... Ach Verzeihung, das darf ich nicht sagen.“

„Aha, sie haben Künstlernamen.“

Hanni schwieg.

„Ihr verkehrt wohl viel in Künstlerkreisen?“ fragte Frau Kersten weiter. „Zufällig – rein zufällig – hörte ich, daß ihr Rena Latour erwähntet ...“

„Hm ... ja.“ Hanni wirkte sehr zurückhaltend. „Verzeihen Sie, aber die meisten Künstler hören es nicht gern, wenn man mit ihrer Bekanntschaft protzt. Wir tun das nie.“

„Ich verstehe!“ Es fiel Frau Kersten nicht im Traum ein, daß es eine Spitze gegen sie selber sein könnte. Frau Merula, die Amsel, lauschte mit großen Augen. Hanni lächelte und verzog sich. Und nun tuschelten die beiden Damen, besonders als Bobby und Carlotta aus dem Garten kamen und zu den Freundinnen gingen.

„Hoffentlich verrät Mamsell uns nicht“, meinte Carlotta, als Hanni draußen berichtete. Aber da kannte sie die fröhliche Französin schlecht! Bei Tisch gaben die Mädchen zum besten, was sie angestellt hatten. Fräulein Roberts war gerade nicht im Raum, das traf sich gut. Mamsell dagegen lachte schallend und lief schnell zur Malerin. Das Bild von den „Précieuses ridicules“ wollte sie endlich sehen. Nein, war das ein Spaß!

Sie verriet der jungen Dame sofort, welchen Jux ihre Mädchen sich mit den zwei Kunstbesessenen gemacht hatten. Es wurde die reinste Verschwörung: Bei Tisch warfen die Malerin und die Ärztin immer wieder irgendeine Bemerkung zu den Freundinnen hin: „Nun, was macht die Kunst?“, oder: „Bleibt ihr gut in Form?“, und dann sah Frau Kersten die Amsel bedeutungsvoll an. Nie mehr wurden die Mädchen gehetzt, und nie wieder wurde über eine von ihnen gemeckert. Und das hatte ja sein Gutes . . .

Bobby und Carlotta konnten nicht lange bleiben. „Wir erzählen allen Leuten, wie schön es in der Fuchsenmühle ist“, versprachen sie Fräulein Roberts. „Sie werden sich noch wundern, wieviel neue Gäste sich anmelden!“

Eine Amsel wird zur Schlange

Aber dann geschah eine böse Geschichte. Mit hochrotem Kopf kam die Amsel aus ihrem Zimmer. „Ich bin bestohlen worden“, rief sie so laut, daß jeder im Raum es hören konnte. „Eine sehr wertvolle Kette ist fort.“

„Ja, du liebe Zeit, wie konnte das geschehen?“ fragte Herr Kersten.

„Ach, ich nahm die Kette gestern aus der Schatulle, weil

ich sie heute Ihrer Frau zeigen wollte. Sie ist das Geschenk eines bedeutenden Künstlers – sein Name tut nichts zur Sache. Man nennt ihn ja nicht gern, nicht wahr? Ich bekam sie von ihm als Dank für einen Artikel zu seinem fünfundzwanzigjährigen Bühnenjubiläum. Eine goldene Kette mit einem Anhänger aus Brillanten und Rubinen. Sie ist weg – einfach weg."

„Haben Sie überall nachgesehen?" fragte Herr Kersten ruhig.

„Überall! Sie ist gestohlen, sage ich Ihnen."

„Aber wer sollte sie denn nehmen? Es ist doch nachzuprüfen, wer in Ihrem Zimmer war."

„Gewiß! Es war diese Margot. Der traue ich sowieso nicht."

Hilda war stillschweigend hinausgegangen und hatte Fräulein Roberts aus ihrem Büro geholt. Herr Marcel kam auch mit.

Frau Merula wiederholte die Geschichte von der gestohlenen Kette.

„Margot war es bestimmt nicht", sagte Fräulein Roberts sofort überzeugt. „Sie ist grundehrlich – wie alle meine Angestellten."

„Man täuscht sich oft im Menschen", erwiderte Frau Merula.

Alle hörten zu, es war für Fräulein Roberts äußerst unangenehm. „Wollen wir nicht in mein Büro hinübergehen?" bat sie. „Oder in Ihrem Zimmer in aller Ruhe noch einmal gründlich nachsehen?"

„Das ist ganz überflüssig. Ich habe selbstverständlich alles durchsucht, bevor ich herkam."

„Trotzdem bin ich dafür, daß Sie selber uns zeigen, wohin Sie die Kette gelegt hatten", sagte Herr Marcel. „Und ich bitte Sie sehr, die Anschuldigung gegen das junge Mädchen fallenzulassen."

„Holen Sie sie doch", zischte die Amsel, mehr einer Schlange als einem Singvogel gleich. „Ich werde sie selber fragen, was sie von der Geschichte weiß."

„Leider ist sie jetzt nicht hier. Sie ist heute früh mit mir zur Station gefahren, weil sie etwas in der Stadt erledigen mußte."

„Aha! Wahrscheinlich wird sie zu einem Juwelier gehen und meine Kette anbieten."

Fräulein Roberts war rot vor Ärger und wollte antworten, doch Herr Marcel hob beschwichtigend die Hand. „Lassen Sie Frau Merula ruhig bei ihrem Verdacht bleiben. Es wird sich alles klären. Doch wollen wir jetzt hinübergehen!"

„Erst möchte ich in Ruhe essen."

„Bitte sehr."

Es war eine dumme Geschichte. Die Mädchen waren empört. Als Hetti erfuhr, was man ihrer Schwester in die Schuhe schieben wollte, weinte sie furchtbar.

Doch ein paar Gäste zeigten offenes Mißtrauen, besonders die beiden Bibliothekarinnen, die am Tag vorher eingetroffen waren, und der alte Lehrer, der sich zum Steinsammler an den Tisch gesetzt hatte. Wären die beiden Studentinnen noch dagewesen, die hätten bestimmt Margots Partei ergriffen. Doch sie waren gerade einen Tag vorher abgereist.

Margot kam erst mit dem letzten Zug zurück. Fräulein Roberts begleitete Herrn Marcel zur Bahn. Zwei Riesentaschen voll hatte Margot eingekauft – Sachen, die Gustel in der Küche brauchte –, und Fräulein Roberts lobte sie sehr.

Zuerst erwähnten die beiden nichts von Frau Merulas Verdacht. Doch mit einemmal stoppte Herr Marcel den Wagen und nickte Fräulein Roberts zu: „Es hilft nichts, erfahren muß sie es doch."

Erstaunt und erschrocken sah das junge Mädchen von einem zum anderen. „Ist etwas passiert?" fragte sie endlich.

„Ja!" Fräulein Roberts gab sich einen Ruck. „Margot, Sie räumen doch das Zimmer von Frau Merula auf?"

„Ja, leider. Sie hinterläßt nämlich immer eine gewaltige Unordnung."

„Haben Sie heute morgen dort eine goldene Kette liegen sehen?"

„Nein." Margot sagte es überzeugt und völlig ahnungslos.

„Aber Frau Merula vermißt sie und behauptet, sie wäre gestohlen."

„Gestohlen? Von mir etwa?" Margot lachte kurz, wurde dann aber ärgerlich. „Wie kann sie so etwas behaupten? Die soll mich kennenlernen!"

„Nur nicht gleich so hitzig." Herr Marcel versuchte, das Mädchen zu beruhigen. „Fräulein Roberts hat auch sofort Ihre Partei ergriffen."

„Ach, hat die etwa direkt meinen Namen genannt?"

„Ich bitte Sie, Margot, bleiben Sie ruhig. Wir tun alles, um die Sache aufzuklären."

„Und inzwischen sickert es bei den Gästen durch, daß ich eine Diebin bin."

„Margot, wer Sie kennt . . ."

„Nein, nein, Fräulein Roberts, ich lasse das nicht einfach durchgehen. Ich werde die Dame selber fragen, wie sie auf so eine Idee kommt."

„Das sollen Sie auch – gleich morgen früh."

„Glauben Sie, daß ich deren Zimmer noch ein einziges Mal betrete?"

„Das mutet Ihnen niemand zu, Margot. Nur lassen Sie bitte die Geschichte heute abend noch auf sich beruhen – mir zuliebe!"

Das war viel verlangt – Fräulein Roberts wußte es selber. Aber sie wollte mit ihrer Tante sprechen und sich noch einmal mit Marcel beraten.

Margot war schließlich einverstanden. Aber dann kam es doch anders. Die Amsel saß mit Frau Kersten auf der vorderen

Terrasse, als das Auto hielt. Frau Kersten deutete auf die drei, die in der Dämmerung aufs Haus zukamen. Marcel versuchte noch, seine Begleiterinnen zur Küchentür zu dirigieren.

„Na", rief da die Amsel, „ob sie die Kette absetzen konnte?"

Natürlich begriff Margot sofort, was sie meinte. Sie lief hinüber und pflanzte sich vor der boshaften Frau auf. „Sie sollten sich in acht nehmen mit dem, was Sie sagen", schrie sie empört. Alle, die in der Nähe waren, horchten und kamen heran. „Meinen ehrlichen Namen lasse ich mir nicht beschmutzen – und von so einer liederlichen Person wie Sie schon gar nicht."

Armes Fräulein Roberts! Sie konnte nicht so tun, als merkte sie von der Sache nichts.. „Margot, hören Sie auf!" rief sie nur und wollte auch Frau Merula beschwichtigen, die nach Margots Wutausbruch ganz still geworden war und fast ängstlich wirkte. Aber nun redete Frau Kersten.

„Unglaublich", schalt sie, „was sich solch ein grünes Ding einer Künstlerin gegenüber herausnehmen darf! Ja, einer Künstlerin! Ich rechne jeden dazu, der sich nicht mit Alltagskram abgibt und höhere Interessen hat. Wie können die netten, gebildeten Mädchen hier im Hause nur mit so einem Geschöpf zurechtkommen!"

Aber die „netten, gebildeten Mädchen" waren längst zur Stelle, und sie gingen prompt zu Margot hinüber und trösteten sie.

„Laß sie doch reden", sagte Hanni laut, „wir kennen dich ja, Margot, und Robby weiß auch, daß du ehrlich bist."

Es war eine unersprießliche Lage für Fräulein Roberts. Was tun? Da klang ein Pfiff vom Gartentor her.

„Na, hier geht es ja lebhaft zu", rief ein lustiger Bursche in Jägertracht. „Da kann ich wohl auch noch hineinkommen und meinen Fund abliefern." Dabei hielt er eine Damentasche hoch. „Die lag draußen auf der Bank im Steintal."

„Meine Tasche!" Die Amsel konnte wieder flöten. Sie streckte die Hand nach der Tasche aus.

Doch Herr Marcel war schneller. Er nahm sie dem Jäger aus der Hand und sagte zu Frau Merula: „Erlauben Sie, daß ich korrekt vorgehe. Nach allem, was heute geschehen ist, erscheint mir das nötig. Bitte, beweisen Sie, daß es wirklich Ihre Tasche ist. Was enthält sie?"

„Empörend", murmelte Frau Kersten, aber die Amsel fügte sich kleinlaut. „Ein Taschentuch, eine rote Geldtasche", zählte sie auf, „ein blauer Taschenkalender, ein paar Stifte . . ."

Herr Marcel hatte die Tasche geöffnet und nickte bei jedem Gegenstand. Als die Amsel schwieg, sagte er: „Eines haben Sie noch vergessen: diese Kette mit dem wunderbar glitzernden Anhänger. Ob es echte Steine sind, kann ich nicht sagen." Er hielt die Kette hoch, ließ sie wieder in die Tasche gleiten und überreichte sie Frau Merula mit einer ironischen Verbeugung. Dann holte er einen Zehnmarkschein aus seiner Tasche und drückte ihn dem überraschten Jäger in die Hand. „Für Hilfe in großer Not", sagte er dazu, und Fräulein Roberts nickte.

An solch eine Lösung hatte niemand gedacht. Die Mädchen jubelten und umarmten die strahlende Margot. Die Gäste gingen zu Fräulein Roberts hinüber und drückten ihr die Hand. Sie ahnten, was für schreckliche Stunden sie hinter sich hatte.

Und die Übeltäterin? Frau Merula war auf einen Stuhl gesunken und wagte nicht, sich umzuschauen. So eine Blamage! Daß der Jäger aber auch derart hereinplatzte! Scheu sah sie sich schließlich nach Frau Kersten um. Die stand zwar noch in der Nähe, doch sie kehrte ihr den Rücken zu. So schlich die arg zerzauste Amsel still ins Haus.

Mamsell brachte ihr am nächsten Morgen persönlich das Frühstück ins Zimmer und sagte: „Wir haben gestern abend alles durchgesprochen. Es wird am besten sein, wenn Sie abreisen. Sie werden zum Mittagszug gebracht."

*„Gehört diese Kette nicht auch Ihnen?“
fragt Herr Marcel ironisch*

Ein trübes Ende vom Amsel-Urlaub! Doch hatte sie es besser verdient? Sie hatte sich nicht gescheut, jemanden zu beschuldigen, ohne Beweis, aus reiner Nachlässigkeit.

Kerstens blieben noch ein paar Tage. Aber lange hielt es die Dame nicht mehr aus. Im Grunde fühlte sie sich bei der ganzen Sache auch blamiert.

Ein Fest auf der Wiese

Es war ohnehin gut, daß wieder Platz wurde. Neue Gäste meldeten sich an. „Schade", sagte Fräulein Roberts eines Tages zu Herrn Marcel, „ich werde vielen abschreiben müssen. Dabei fängt der Betrieb an, mir Spaß zu machen. Ich bekomme nächste Woche auch Hilfskräfte. Dann können die Lindenhofer Mädel endlich in die Ferien fahren."

„Sie sollten anbauen", war seine Antwort. „Frau Wendland erzählte mir einmal, daß sie das mit ihrem Mann schon geplant hatte. Durch seinen Tod ist nichts daraus geworden. Aber Sie sollten den Plan wieder aufgreifen."

„So mutig bin ich nun auch wieder nicht." Fräulein Roberts lachte. „Ich bin froh, daß ich jetzt den Bürokram gelernt habe. Ohne Ihre Hilfe hätte ich es freilich nicht geschafft."

„Nun, mit dieser Hilfe können Sie auch weiterhin rechnen", versicherte er, „vorausgesetzt, daß ich bleiben darf."

Nach diesem Gespräch grübelte auch Fräulein Roberts öfter, wer oder was Monsieur Marcel Lati eigentlich sei. Ihre Tante konnte ihr nur sagen, was sie selber schon wußte: Nach einem Unfall hatte er sich in der Fuchsenmühle erholen wollen. Dann gefiel es ihm so sehr, daß er nach seiner Genesung blieb. Als Frau Wendland nach dem Tod ihres Mannes in einer schwierigen Lage war, half er ihr.

„Ich habe ihn gebeten, sich nicht länger als zahlender Gast zu betrachten, sondern als echter Gast. Sonst weiß ich nur, daß er viel schreibt, oft bis tief in die Nacht hinein, und daß seine Korrespondenz gewaltig sein muß. Was er nicht von selber erzählt, mag ich nicht aus ihm herausfragen."

Fräulein Roberts war im Grund sehr energisch. Der Plan mit dem Anbau spukte ihr von da an immer wieder im Kopf herum. Als sie einmal mit den drei großen, mit Hilda und den Zwillingen, im Garten hinterm Haus saß, sagte sie halb für sich: „Dort, an der Südseite, könnte man tatsächlich anbauen."

Die drei horchten auf. „Sie wollen bauen?" fragte Hanni erstaunt.

„Es ist ein alter Plan meiner Tante. Monsieur Marcel sprach davon. Er redet mir zu, noch im nächsten Jahr anzufangen."

„Eine tolle Idee", rief Hanni begeistert. „Sie sollten dort eine Liegehalle vor die Zimmer setzen, wo sich Ihre Gäste auch bei Regenwetter an der frischen Luft aufhalten können."

Hilda stammte aus einer großen Gärtnerei. Sie schlug vor, Büsche und Blumenrabatten vor dem Neubau zu pflanzen.

„Fräulein Roberts, wir zeichnen morgen gleich einen Plan, wie wir uns alles vorstellen. So etwas macht Laune!"

Aber Fräulein Roberts lachte. „Ganz so fix soll es nicht gehen. Wenn das Haus im Herbst leer ist, muß ich erst einmal mein Konto ansehen. Dann läßt sich entscheiden, ob und in welchem Umfang ich bauen kann. Ich denke, Herr Marcel wird mich auch beraten."

„Ach ja", sagte Hanni voll ehrlicher Überzeugung, „so ein Mann ist nicht mit Gold zu bezahlen."

Das klang urkomisch, und alle drei – Fräulein Roberts, Nanni und Hilda – lachten schallend. Hanni selber lachte auch mit.

Ein sonderbares Schreiben kam ins Haus. Herr Marcel hatte den Absender gelesen und legte den Brief schmunzelnd auf die übrige Post.

„Monsieur Marcel“, rief Fräulein Roberts, als sie ihn durchflogen hatte, „kennen Sie die fröhlichen Brummer? Lesen Sie mal!“

Es war wirklich ein sonderbarer Brief:

„Liebe, verehrte Dame“, stand da, „ob Sie sich noch an uns erinnern? Voriges Jahr haben wir unser Jahrestreffen bei Ihnen abgehalten. Wissen Sie noch, wie wir mit unseren Mopeds und Motorrädern angeknattert kamen und Ihre Gäste sich die Ohren zuhielten? Wir haben uns trotz der geräuschvollen Ankunft mit allen bestens vertragen und ein pfundiges Wochenende in Ihrer Gegend verbracht.

Kurz gesagt: Wir möchten wiederkommen. Dürfen wir? Wir sind neun Burschen. Drei davon wollen ihre Mädchen mitbringen. Zelte haben wir genug und möchten Sie gern wieder auf der großen Wiese hinter Ihrem Haus aufstellen. Musik machen wir, soviel Sie vertragen – garantiert nicht mehr.

Dürfen wir damit rechnen, daß Sie uns wieder bekochen? Es hat uns so gut geschmeckt! Bitte, sagen Sie ja zu allen Fragen, und grüßen Sie auch Ihre runde, muntere Köchin.“

„Ich ahnte so etwas, als ich den Absender las“, sagte Herr Marcel lachend. „Ja, die jungen Leute waren letztes Jahr an einem Wochenende hier. Ein bißchen laut anfangs, aber sonst zivilisiert und brav. Eigentlich sehr nett. Fragen Sie nur Ihre Tante.“

Frau Wendland lachte auch. „Lade die Jungen ruhig ein“, sagte sie zu Fräulein Roberts. „Sie haben uns viel Spaß gemacht. Ich finde es vernünftiger, wenn solche jungen Burschen in den Wald hinausfahren, um zu feiern und zu musizieren, als wenn sie in Kneipen herumsitzen.“

Also gut – Fräulein Roberts wollte am nächsten Tag zusagen. Doch am Abend kam schon ein Anruf: „Dürfen wir kommen? Was sollen wir besorgen? Wir schicken Freitag einen kleinen Wagen mit unseren Zelten hinaus. Der kann Fleisch und Getränke und was sonst nötig ist, mitbringen?"

Na, so schnell war das nicht zu beantworten! Prompt hieß es: „Können wir in einer Stunde Bescheid haben? Gegen acht?"

Es gab eine lange Konferenz mit Gustel und auch mit Herrn Marcel, der den Betrieb ja schon miterlebt hatte.

„Nur nicht so schüchtern", riet er, „bestellen Sie gleich den übrigen Bedarf für die nächste Woche mit. Zahlen Sie alles selber, und machen Sie Preise für das fertige Essen. Sonst gibt es eine unerquickliche Rechnerei hin und her. Sie können ja knapp kalkulieren, denn die jungen Leute werden es nicht allzu dick haben."

Fräulein Roberts seufzte. „Heute abend wollte ich mit meinen Mädchen aus Lindenhof reden. Sie sollen sich nicht länger gebunden fühlen, sondern nach Hause fahren, sobald sie wollen. Nun muß ich sie doch bitten, bis Montag zu helfen!"

Sie wunderte sich nicht wenig, als die Mädel begeistert zustimmten. Ein Fest sollte es geben, wahrscheinlich mit viel Musik, Jazz und Rock, mit Singen und Tanzen!

„Das wird bestimmt eine dufte Kiste!" rief Erika, und Fräulein Roberts sah sie erstaunt an. Seit wann redete die brave Erika so?

Herr Marcel, dem sie das später erzählte, lachte herzlich. „So brav wie im Internat werden Ihre Schäfchen draußen nicht immer sein. Sie lesen doch Zeitungen und hören Rundfunksendungen. Meinen Sie, da bleibt nichts hängen?"

Fräulein Roberts erwartete also – auf alles gefaßt – das nächste Wochenende. Sie hatte ihren Gästen Bescheid gesagt und um

Verständnis gebeten, wenn es lauter zuging als sonst. Aber auch bei ihnen fand sie lachende Zustimmung.

„Für mich wird das sogar die Rettung sein", meinte die Malerin. „Ich brauche demnächst solche Typen für die Zeitung. Nun kriege ich meine Modelle kostenfrei ins Haus!"

Die jungen Mädchen – nicht nur die aus Lindenhof, sondern genauso die Zimmermädel, die draußen mit servieren sollten – hatten ihre eigenen Probleme: Was ziehen wir an?

Sonst trugen sie meist Dirndl- oder leichte Sommerkleider.

„Paßt nicht!" war die einstimmige Meinung. Zum Wandern trugen sie Hosen. Aber die waren gar nicht festlich. Oder – wenn sie bunte Schals als Gürtel darüber banden? Wenn sie ein paar glänzende Knöpfe daran nähten? Sie fragten bei Gustel um Rat und schließlich bei Frau Wendland. Und sie fanden Hilfe: rote Seidenfransen für Hildas schwarzen Pulli, farbige Holzperlen zu riesengroßen Ketten, eine lange bunte Bluse von Gustel, die für die kleine, zierliche Erika mit einem straffen Gürtel ein schickes Minikleid abgab. Sie wurden immer erfinderischer und brachten die tollsten Kostüme zustande. Das Anproben und Versuchen allein waren schon ein großer Spaß.

Samstag gegen elf rollten die Gäste an. Von weitem hörten sie in der Fuchsenmühle schon das Knattern und Brummen. Monsieur Marcel – als alter Bekannter und Beinahe-Hausherr – übernahm den Empfang der Gäste und schickte alle gleich hinaus zur Wiese, wo das Zeltzubehör bereitlag und lange Tische und Bänke warteten.

„Punkt ein Uhr wird das Essen bereit sein! Seid ihr bis dahin mit dem Aufbau fertig? Wir bringen Pfannen und Töpfe heraus, und ihr kommt mit den Tellern an das sogenannte Büfett."

Nette Mädchen waren es, die von einigen Motorrädern heruntersprangen. Sie packten sofort mit an. Freilich: Das Zelt, in dem sie schlafen sollten, wollte und wollte nicht stehen!

Immer wieder knickte eine Stange ein, und die ganze Herrlichkeit sackte zusammen. Doch bei soviel männlicher Hilfe war es kein Unglück. Schließlich standen die Zelte fix und fertig da.

„Nanu, das sind ja stolze Bienen", murmelte ein langmähniger Bursche, als die Mädchen aus dem Heim Teller, Bestecke und Gläser in großen Körben heranschleppten.

Vorsichtig pirschte er sich mit ein paar anderen heran.

„Neu hier?" fragte einer. „Letztes Jahr gab es nur ältere Jahrgänge."

„Vielleicht waren wir in der Altweibermühle?" rief Hanni.

„Wie das? Fuchsenmühle heißt es doch. Altweibermühle – nie gehört."

„Nun, da stopft man oben – wie in eine Kaffeemühle die Bohnen – die alten Frauen hinein, und die kommen unten als junge Mädchen wieder heraus."

„Und das ist hier passiert?"

„Vielleicht."

Zufällig war Nanni nicht dabei, als Hanni sich so mit dem Burschen neckte. Sie war deshalb platt, als er sie später fragte: „Verrat mir mal, wo es eine solche Altweibermühle gibt. Meine Meisterin möchte ich da mal hinschicken. Sie ist arg grantig."

Nanni fragte erstaunt: „Was faselst du da? Altweibermühle?"

„Na, hör mal, du hast doch vorhin selber davon palavert . . ."

„Ich?" Nanni war diesmal schwer von Begriff. „Spinnst du?"

„Ich? *Du* spinnst, liebes Kind!"

Da fiel der Groschen . . ." Ach so . . . hm . . . Hab ich ganz vergessen. Aber entschuldige mich." Und Nanni sauste mit langen Schritten davon. Sie erwischte die Schwester gerade noch an der Haustür. „Du, da ist einer, der mich für dich ansprach. Altweibermühle oder so. Du, die nehmen wir auf die Schippe! Wenn du jetzt hinausgehst, verdrücke ich mich so lange, bis du wieder hereinkommst."

„Gut!" Hanni stolzierte davon.

Der junge Mann von vorhin ging dicht an ihr vorbei. Das Mädchen mit dem allzu kurzen Gedächtnis war ihm wohl unheimlich. Aber da fragte ein anderer: „Singen wir heute abend alle zusammen? Mögt ihr ein wenig herauskommen, wenn die Futterei vorbei ist?"

„Steht schon auf dem Programm!"

„Na, ganz groß! Ich heiße Peter. Und dort steht meine Schwester mit meinem Freund Gerd. Jutta, kommt mal her!"

Auch die anderen waren bei lustigen Gesprächen, gaben dabei Essen aus, verkauften Limos und Cola, bis alle satt waren. Hanni dachte: Die arme Nanni sitzt drin im Haus und mopst sich. Ich muß sie ablösen. Doch an Langeweile litt Nanni nicht. Sie saß mit Herrn Marcel auf der Terrasse und ließ sich eine seiner vielen Geschichten erzählen. Richtig neidisch kann man werden! dachte Hanni. Laut sagte sie: „Ich will dich ablösen." Und sie berichtete Monsieur Marcel, was sie planten.

„Da werdet ihr wenig Glück haben", meinte er. „Aufs Rätsellösen lassen sich die Jungen gewiß nicht ein. Sie wollen lachen, singen, vielleicht tanzen – sich einen guten Tag machen. Wenn sie aber etwas nicht verstehen, werden sie sich gewiß nicht den Kopf zerbrechen. Doch lauf los, Nanni. Wir – also Frau Wendland, Fräulein Roberts und ich – kommen nach und bringen Hanni mit."

„Schade!"

„Was? Daß wir auch kommen?"

„Nein, daß ich nicht hierbleiben und noch mehr Geschichten von Ihnen anhören darf."

Wie interessant Herr Marcel erzählen kann!

„Na, das ist aber wirklich schmeichelhaft." Herr Marcel lachte. „Will so ein junges Ding glatt auf ein Vergnügen verzichten, bloß um mir zuzuhören!"

„Das ist eben ein größeres Vergnügen", antwortete Nanni und rannte trotzdem schnell davon.

Draußen wurden gerade Teller und Becher zusammengeräumt. Die große Fütterung war beendet. Irgendwo klimperte jemand auf einer Gitarre, und anderswo blies einer auf der Mundharmonika. Von den Gästen kamen ein paar heraus und lauschten. Ach, dort saß Hilda mit ein paar Burschen und Mädchen im eifrigen Gespräch!

„Hallo, Hanni", rief es von einer anderen Gruppe, „hier-

her!“ Gehorsam ging Nanni hinüber. „Ich heiße übrigens Nanni, nicht Hanni.“

„Ach, da habe ich mich vorhin verhört. Komm, setz dich zwischen Gerd und mich!“

Wenn ich bloß wüßte, wer Gerd ist! dachte Nanni. Der hat ja an jeder Seite einen von seinen Kameraden sitzen.

Natürlich ging sie genau zur falschen Stelle. „Aber, Nanni, kennst du Gerd nicht mehr? Mit seinen roten Haaren ist er eigentlich gar nicht zu verwechseln.“

„Das gute Kind hat einen kleinen Stich im Gehirn“, sagte da einer im Vorbeigehen. „Eigentlich ein großes Sieb. Alles fällt durch, sie vergißt, was sie gerade eben sagte.“

Unverschämt! dachte Nanni im stillen. Aber ich bin selber schuld. Und dieses Mal fallen wir selber rein, nicht andere.

„Mücken gibt es genug“, stöhnte jemand, als es dämmrig wurde. „Wir müßten ein Feuer machen.“

„Könnt ihr haben“, sagte Herr Marcel. Er war mit den drei Damen herangekommen, Mamsell wollte ja auch mit dabeisein. Hanni fehlte. Sie war noch einmal zurückgelaufen, um für Frau Wendland ein Tuch zu holen. „Holz liegt dort hinten am Zaun. Bitte, schichtet es weiter links auf. Dann können die Funken keinen Schaden anrichten." Er ging selber mit und half. Auch der Hausdiener kam und schleppte Holz.

Bald flackerte im freien Gelände ein großer Holzstoß in hellen Flammen. Dort sammelten sich nicht bloß die jungen Leute, nein, da fanden sich auch die „älteren Jahrgänge" ein. Ein paar Burschen holten ihre Gitarren und spielten . . . zuerst Lieder, die ein paar mitsangen, dann eben erfundene Klimpereien, aus denen schließlich Tanzrhythmen wurden.

Und sie tanzten! Es war ein lustiges Gehopse auf dem Rasen, der alles andere als ein ebener Tanzboden war.

„Mensch, ich sehe doppelt!" rief plötzlich einer der Jungen, mit dem Nanni sich gerade drehte.

„Wie das?" fragte sie, obwohl sie recht gut verstand.

„Na, ich hätte mir fast eingebildet, daß du drüben neben Peter stehst."

„Da werde ich wohl eine Doppelgängerin haben", antwortete sie lachend, und er betrachtete sie mit deutlichem Mißtrauen.

Aber Peter auf der anderen Seite wunderte sich auch. Nanni war zu ihm gegangen und hatte gefragt: „Gefällt es euch? Wo sind Jutta und Gerd?"

„Nanu?" fragte er zurück. „Hoheit geruhen, sich an uns zu erinnern?"

„Weshalb sollte ich nicht? Ihr seid ja die einzigen, mit denen ich bisher sprach. – Ach nein", verbesserte sie sich gleich, „mit dem Langen da hinten habe ich über Altweibermühlen geflachst."

„Mit Gustel? Der war es doch, der von einem Sieb in deinem Gedächtnis redete. Sag mal, machst du dir einen Spaß mit uns?"

„Wie werd ich! Aber ich kann ja gehen." Und sie verschwand im Dunkeln.

Peter schüttelte den Kopf, und dann sah er drüben Nanni tanzen. Das ist doch nicht möglich – dachte er. Sie stand ja eben noch bei mir. Er begriff es nicht.

Ein paar ließen sich neben dem Feuer nieder. „Wie in der Wildnis", sagte ein Mädchen, „im goldenen Westen ..."

„Oder in Afrika auf einer Safari", ergänzte Herr Marcel. Das klang nach einer neuen Geschichte. Die ihn kannten, horchten auf.

„Waren Sie einmal dabei?" fragte Andrea hoffnungsvoll.

„Oft", war die Antwort, „mit der Kamera in der Hand, manchmal auch mit Jägern zusammen."

„Bei der Löwenjagd?" Nun rückten auch die fremden Gäste näher. Das klang wahrhaftig nach Abenteuer! „Erzählen Sie doch ... bitte!"

„Gern. Ich bin zwar selber kein Jäger, aber ich habe ein paarmal welche begleitet, und es gab manche Überraschung dabei. Da waren wir einmal hinausgefahren, ein Freund und ich mit seinem schwarzen Boy. Er wollte ein Zebra schießen und entfernte sich vom Wagen. Dann aber kam er zurück, um uns zu holen. Er konnte das Tier nicht allein schleppen. Der Boy lag im Gras und schlief friedlich. Ich hatte ein paar Orchideen entdeckt und Aufnahmen davon gemacht. ‚Lassen wir den Burschen schlafen', meinte er. ‚Zu zweit schaffen wir das Tier schon her.'

Fünf Minuten mußten wir gehen, bis wir das Zebra endlich fanden. Aber es lag nicht mehr da, wie er es verlassen hatte. Zwei Löwinnen zerrten an ihm und taten sich gütlich. Sie bemerkten uns genauso schnell wie wir sie und ahnten, daß wir auf die gleiche Beute aus waren. Ich weiß bloß noch, daß mein Freund rief: ‚Fort, nur fort!' Wir rannten um unser Leben. Den friedlich schlummernden Boy riß ich hoch, während mein Freund das Auto anließ. Und dann sind wir schleunigst geflohen."

„Haben Sie gesehen, ob die Löwinnen tatsächlich hinter Ihnen herkamen?"

„Keine Ahnung! Der Schreck saß uns viel zu sehr in den Knochen, als daß wir uns noch einmal umgeschaut hätten. Doch mein Freund war ein alter Afrikaner. Der nahm gewiß nicht grundlos Reißaus."

Alle saßen still und warteten, daß er weiterreden würde.

„Ja", fuhr er fort, „ein anderes Mal begleitete ich den gleichen Freund zu einer nächtlichen Jagd. Ein schwarzer Farmer hatte ihn, den er als großen Jäger kannte, um Hilfe gebeten. Da gab es einen Riedbock, der Nacht für Nacht ins Maisfeld einbrach und großen Schaden anrichtete. ‚Willst du ihn totschießen, Bwana!' bat der Schwarze. Natürlich sagte mein Freund zu. Eine Jagderlaubnis hatte er, aber für die nächtliche Jagd brauchte er eine besondere Genehmigung. Die bekam er schließlich. Die Behörden sahen ein, daß dem Farmer geholfen werden mußte. Wir fuhren los.

Lange warteten wir, bis endlich der Bock erschien. Ich bekam die ‚Hunting lantern', die große Jagdlaterne, in die Hand mit dem ausdrücklichen Befehl: ‚Leuchte ihm genau in seine Augen, damit er geblendet ist. Es war gar nicht so leicht, die Laterne richtig zu halten. Der Bock witterte die Gefahr und versuchte, dem scharfen Lichtstrahl auszuweichen. Einmal verlor ich ihn ganz. Mein Freund sagte mir einige grobe Unfreundlichkeiten, bis ich ihn wieder im Laternenlicht hatte. Jetzt schoß er endlich und traf ihn auch.

Dann wollten wir den Bock zum Auto schleppen. ‚Laß mich, ich trage ihn allein auf den Schultern', sagte er und drückte mir sein Gewehr in die Hand.

Wir waren noch nicht beim Wagen, da standen, wie aus dem Boden gewachsen, drei riesige Watussi-Neger vor uns. Sie waren unhörbar und in der Finsternis auch unsichtbar herangekommen. Kein Wort sagten die Kerle, aber jeder hielt bedrohlich sein Panga in der Hand. Pangas sind die merkwürdigen Messer, die am Ende nicht in eine Spitze, sondern in ein breites und an allen Kanten scharfes Blatt auslaufen. Damit werden Bäume gefällt, und damit wird gelegentlich auch gekämpft. Besonders beliebt sind sie bei Raubüberfällen.

Es war keine angenehme Lage. Freund Jürgen war durch den schweren Bock auf seinen Schultern behindert. Ich hielt die Büchse in der Hand, mit der ich nichts anfangen konnte..." Einen Augenblick hielt Herr Marcel inne und sah mit Vergnügen in die gespannten Gesichter der Zuhörer.

„Und dann?" fragte eines von den fremden Mädchen.

„Und dann legte mein Freund den Bock nieder, nahm mir das Gewehr aus der Hand und tat so, als untersuche er den Lauf. Als ich mich umsah, waren die drei Schwarzen verschwunden."

Die Zuhörer atmeten auf.

„Mann, das ist ja ein toller Kerl, der alte Herr da drüben", hörte Nanni einen Motorradler sagen. Alter Herr – welch sonderbare Bezeichnung für Herrn Marcel, dachte sie. Sie und ihre Freundinnen hatten ihn nie so angesehen. Für sie war er ein großartiger Mann.

Langsam erlosch das Feuer. Die letzte Glut wurde sorgfältig gelöscht. Dann gingen alle schlafen, die Wochenendgäste in die Zelte, die anderen ins Haus. Die Malerin schwenkte vergnügt ihr Skizzenheft!

Am Morgen begrüßten sich alle vergnügt. Die Motorradler sausten davon zu einem Ausflug ins Gelände und kehrten mittags hungrig heim.

Als die Mädels draußen wieder das Essen austeilten, ging ein paar von ihnen ein Licht auf.

„Das sind ja wirklich Doppelgänger", rief Peter und sauste auf Hanni und Nanni zu, die ihm lachend zunickten.

„Ein bißchen lange Leitung?“ fragte Hanni. „Wie?“

Nach dem Essen wurde wieder musiziert und geplaudert. Diesmal erzählten die Burschen. Mancher von ihnen war mit dem Motorrad schon weit herumgefahren oder getrampt.

„Wir hatten wenig Geld, mein Freund und ich“, erzählte einer. „Trotzdem haben wir es bis Marokko geschafft. Zwischendurch ein paar Tage Arbeit, dann ging es weiter. Man gewinnt doch einen Begriff von anderen Ländern.“

„Aber für Mädchen ist das nichts“, sagte Peter. „Ich sehe nämlich, wie die Augen meiner Schwester leuchten. Sie überrascht uns von Zeit zu Zeit mit ähnlichen Plänen.“

Die anderen lachten, aber Jutta verteidigte sich: „Alle reden von der Gleichberechtigung. Was das für ein fauler Zauber ist, kann man hier wieder einmal sehen. Eines Tages werde ich doch losfahren.“

„Na, Peter, da müssen wir gut aufpassen“, rief der rothaarige Gerd, und sie nickten sich zu.

Am Spätnachmittag brachen die Gäste auf, herzlich verabschiedet von Frau Wendland und Monsieur Marcel.

Und auch Fräulein Roberts, die ihr Mißtrauen überwunden hatte, sagte: „Sie sind auch im nächsten Jahr wieder herzlich willkommen.“ Dann nickte sie ihrer Tante zu: „Nun kann ich endlich meinen lieben Mädchen sagen, daß sie sich ab sofort ausruhen können, wenn sie wollen.“

Regentage und Sammlerpech

Ein paar Tage lang hatte es tüchtig geregnet, fast immer von morgens bis abends. Das war eine schwierige Zeit – für die Gäste und für ihre Betreuer. Frau Wendland hatte einen großen Stoß Spiele hervorgesucht und auf die Truhe im Speiseraum gestellt.

Da wurde nun leidenschaftlich „Mensch, ärgere dich nicht!" gespielt oder Mühle und Halma. Die Kinder hatten sich „Fang den Hut" und ein paar andere Würfelspiele geschnappt. Christian versuchte es mit dem Flohhüpfen. Doch die Knöpfe hüpften nie so, wie er wollte, sondern sprangen weit fort. Da verlor er die Geduld und ließ sich abwechselnd von der Mutter und den Schwestern vorlesen. Er blieb der kleine Familientyrann.

Ja, gelesen wurde auch sonst. Fräulein Roberts räumte den großen Koffer aus, der noch ungeöffnet in ihrem Büro stand. Da gab es genug neuen Lesestoff.

Die Malerin machte sich einen Spaß daraus, die jungen Mädchen zu zeichnen. Und jede bekam ihr Bild! Für Mamsell aber, die überall herumhuschte und jeden aufzumuntern versuchte, brauchte die Malerin einen ganzen Skizzenblock. Manchmal sahen die Lindenhof-Mädchen ihr über die Schulter und lachten. Mamsells drollige Art war ganz genau erfaßt! Mamsell selber merkte gar nichts. Doch auch sie bekam ein Bild, ein sehr hübsches sogar: Die beiden Lehrerinnen saßen zusammen, und Mamsell erzählte etwas in ihrer lebhaften Art – mit heftigen Armbewegungen –, die andere lauschte gespannt.

Im Mansardenzimmer wurde geschrieben. Der „Arbeitstisch" kam zu hohen Ehren. Hanni und Nanni gaben den Eltern nach vielen knappen Kartengrüßen den ersten ausführlichen Bericht. Nanni schrieb am Schluß:

„Nie hätte ich gedacht, daß dieser Job so viel Spaß mit sich bringt. Die Leute sind hier ganz anders als im täglichen Leben. Die meisten nehmen nichts krumm, und sie regen sich nicht auf, wenn manches nicht gleich klappt."

An dieser Stelle machte Hanni ein großes Ausrufungszeichen an den Rand und schrieb dazu:

„Hier irrt Nanni! Ich finde, daß manche noch quengeliger und ungeduldiger sind als sonst. Weil sie ihren Urlaub ja bezahlen und sich deshalb wie kleine Könige vorkommen."

(So verschieden können zwei Menschen etwas betrachten, sogar Zwillingsschwestern!)

Nanni schrieb weiter:

„Am meisten verändert haben sich unsere Lehrerinnen. Robby war immer furchtbar streng. Und wenn sie entdeckte, daß wir bei Mamsell Unsinn trieben und ein bißchen laut waren, dann setzte sie eine vorwurfsvolle Miene auf und schüttelte den Kopf über Mamsells Unfähigkeit, die Mädchen im Zaum zu halten. – Hier sind die beiden ein Herz und eine Seele.

Und wenn Robby sich mal über irgend etwas aufregt, spielt Mamsell den Friedensengel. Besser versteht es aber noch Monsieur Marcel. Er wirkt wie ein Beruhigungsmittel. Hanni hat ja gesagt, daß er eigentlich Robby heiraten müßte. Ich weiß aber nicht, ob er zum Heiraten Lust hat, sonst könnte man ihm ja mal einen Wink geben. Vielleicht hat er auch irgendwo in der Welt eine Frau und eine Familie. Er ist ja weit herumgekommen. Vielleicht in der Südsee . . ."

Hier schüttelte Hanni den Kopf und schrieb wieder eine Bemerkung an den Rand:

„Nanni spinnt! Als ob Herr Marcel sich ausgerechnet in die Fuchsenmühle setzen würde, wo sich bekanntlich die Füchse gute Nacht sagen, wenn er in der Südsee eine Frau hätte! Nein, ich kann mir nicht vorstellen, daß er eine Familie hat."

„Nicht böse sein, Nanni!
Aber ein Schlußsatz von mir reicht!"

„Sag mal", fing Nanni später an, als sie Hanni diese Bemerkung kritzeln sah, „was fällt dir eigentlich ein? Du sollst selber einen Brief schreiben und nicht in meinem herumverbessern. Zeig mal, was du selber inzwischen geschrieben hast?"

Das war nun freilich die Höhe. Da stand nur:

„Meine Vorrednerin hat ausführlich berichtet. Was soll ich da noch schreiben? Es käme nur eine Wiederholung zustande. Also Schluß und viele Grüße!"

Nanni wollte gerade anfangen zu schimpfen. Aber Hanni beschwichtigte sie: „Reg dich ab! Den nächsten Brief schreibe ich, und du kannst am Schluß deinen Senf dazugeben. Außerdem scheint es draußen für eine Weile nicht zu regnen. Wollen wir da nicht ein bißchen an die Luft gehen?"

Ja, an die Luft gehen! Alle Bewohner der Fuchsenmühle sehnten sich danach. Es dauerte gar nicht lange, da klappten die Türen, und einer nach dem andern wanderte ins Freie. Sie kamen gegen Abend vergnügt zurück, alle – bis auf den Steinsammler.

„Ist der Professor noch nicht zurück?" fragte Hilda beim Abendessen.

Niemand hatte ihn gesehen. In seinem Zimmer war er auch nicht. Anscheinend ging er auf Steinsuche, denn dazu nahm er immer einen Beutel mit. Den hatte er vor dem Weggehen ausgeleert, denn fünf oder sechs Steine lagen auf dem Tisch. Aber daß er so lange ausblieb!

Nach und nach wurden sie unruhig. „Hoffentlich hat er sich nicht verlaufen", sagte jemand.

„Vielleicht ist er verunglückt", murmelte ein anderer.

Das gleiche befürchtete Herr Marcel. Der Professor verirrte sich gewiß nicht, solch ein erfahrener Waldläufer, wie er war. Er trug außerdem immer einen Kompaß bei sich. „Wir müssen ihn suchen", sagte Herr Marcel, „und möglichst noch finden, bevor es finster wird."

Es dämmerte schon. „Bitte alles herbeiholen, was an Taschenlampen im Hause ist", rief Fräulein Roberts und ging selber in die Gerätekammer. Groß war die Ausbeute nicht. Gustel rief: „Draußen im Schuppen müssen noch zwei alte Stallaternen stehen. Die kann man doch auch nehmen." Sie fand sie tatsächlich wie auch einen Rest Petroleum zum Nachfüllen.

Herr Marcel breitete wieder die Wegkarten aus. „Weiß jemand, wohin der Professor meistens geht?"

„Da muß ein stillgelegter Steinbruch auf dem Weg zur Talsperre sein", rief Hilda. „Er hat mir mal ein paar Steine gezeigt, die er dort gefunden hat." Hilda hatte von Anfang an das Vertrauen des Professors besessen, obwohl sie ihm zuerst aus dem Weg ging. Mit der Zeit hatte sie Spaß daran gefunden und achtete jetzt selber auf die Steine am Weg.

Monsieur Marcel suchte auf seiner Karte. „Anscheinend hast du recht, Hilda, hier ist so etwas eingezeichnet. Das ist aber ganz hübsch weit von hier. Dahin werde ich selber gehen."

„Fahren kann man nicht?" fragte Fräulein Roberts.

„Höchstens mit dem Moped. Fürs Auto ist der Weg zu schmal. Ist das Moped in Ordnung, Tim?" wandte er sich an den Hausdiener, der auch herbeigekommen war, um bei der Suche zu helfen.

„Ja, ich habe es gestern erst benutzt."

„Dann nehme ich es und fahre zum Steinbruch."

„Soll ich mit dem Rad nachkommen?"

„Ja, Tim, das wäre gut, denn ich tippe, daß der alte Herr am ehesten dort zu finden ist. Trotzdem bitte ich jeden, der helfen will, auf anderen Wegen zu suchen. Aber nie allein gehen und nie ohne Licht! Für das junge Gemüse gilt das besonders, hört ihr?"

Die Mädchen kicherten. „Junges Gemüse!" Dieser Ausdruck klang bei Herrn Marcel komisch. Er war sonst eher von einer feierlichen Höflichkeit.

„Wir nehmen Räder", riefen die Zwillinge, „dann haben wir auch Licht."

„Und ich begleite euch", rief die Malerin. „Denn Sie bleiben gewiß hier, Stefanie, damit Sie gleich zur Stelle sind, wenn ein Arzt nötig sein sollte."

Vier Gruppen zogen los, mit Karten, Licht und Trillerpfeifen bewaffnet. „Aber nur pfeifen, wenn ihr ihn gefunden habt, sonst einfach rufen!"

Diesmal schien die Suche schwieriger zu sein als bei Christian. Unter den Bäumen war es schon viel dunkler als im

Freien. Daß es soviel Baumwurzeln auf den Wegen gab! Beim Gehen merkte man das sonst gar nicht. Die Räder hoppelten ständig über Wurzeln und Steine hinweg. Ab und zu schlug ein Zweig Hanni ins Gesicht – sie fuhr als erste. „Achtung!" rief sie dann den anderen halblaut zu.

Laut riefen alle drei von Zeit zu Zeit: „Professor Herrmann, hallo!" Doch es kam keine Antwort.

„Steigt ab", sagte die Malerin an einer Stelle, wo der Weg sich teilte. „Wir werden jetzt in jede Richtung ein Stück gehen und rufen. Dann drehen wir wieder um."

Widerspruchslos fügten sich die Zwillinge. Es war beiden ein bißchen unheimlich zumute. Natürlich wußten sie, daß nur ein dürrer Zweig unter ihren Füßen knackte. Und das dürre Laub raschelte nur, weil eine Maus durchlief. Das Käuzchen, das ab und zu schrie, hatten sie von ihrem Zimmer aus schon oft gehört. Trotzdem: Es war ihnen unbehaglich in dem immer dunkler werdenden Wald.

Die Malerin, die nun an der Spitze fuhr, merkte es wohl und fing an, allerhand zu erzählen. Doch sie bekam nur einsilbige Antworten und lächelte still vor sich hin.

„Jetzt müßten wir doch schon am Waldrand sein", rief Nanni schließlich. „So weit sind wir gar nicht in den Wald hineingefahren."

„Wir haben einen Umweg gemacht", antwortete Margit, „ein paar Schritte von hier ist ein ausgetrocknetes Bachbett, da wollte ich nachsehen." Sie kannte sich gut aus – kein Wunder bei den vielen Spaziergängen, die sie mit der Ärztin unternahm! Das Bachbett fanden sie, nur den Professor nicht. Also ging es endgültig zurück zur Fuchsenmühle. Nanni schrie einmal auf, als sie fast vom Rad gefallen wäre, weil ein großer Stein im Weg lag. Aber dann wurde es lichter. Der Wald war zu Ende.

Und da hörten sie einen Schuß! Sie kannten das Zeichen

noch von der Suche nach Christian: Gefunden! Hoffentlich war alles in Ordnung.

Den kurzen Weg zum Heim legten sie schnell zurück. Zwei Gruppen waren schon da. Sie standen neben Frau Wendland und Mamsell und lauschten dem aufgeregten Bericht von Tim.

„Ja, der Herr Maxel wartete schon mit dem Professor unten am Weg, als ich herankam. Er hatte ihn vom Steinbruch heruntergeschleppt. Eine Leistung, das muß ich sagen! Den Fuß hat er sich verknackst, der Herr Professor. Ist wahrscheinlich zu weit herumgestiegen ... Und dann ist nach dem Regen alles glitschig. Der Herr Maxel und ich haben ihn aufs Moped gesetzt. Ob sie richtig fahren können, oder ob man den Professor auf dem Rad schieben muß, weiß ich nicht. Ich sollte bloß schnell Bescheid geben und gleich zurückkommen. Also dann – bis nachher!"

Nun, das klang tröstlich! Allzu schwer konnte der Professor nicht verletzt sein, wenn er sich noch aufs Moped setzen konnte. Die Ärztin holte aus ihrem Wagen Verbandszeug und Salben. Sie legte für alle Fälle etwas zum Schienen des Fußes bereit.

Fräulein Roberts braute mit Gustels Hilfe wärmende Getränke, Rotweinpunsch und heiße Hühnerbrühe. Sie richteten auch ein besonders leckeres Abendbrot für den alten Herrn her, der sicherlich Hunger hatte. Dann warteten sie in der Halle, denn auf der Terrasse war es zum Sitzen doch zu kühl. Nur ab und zu ging jemand hinaus ans Gartentor, um zu lauschen oder nach Lichtern zu schauen. Ans Zubettgehen dachte niemand. Nach und nach fanden sich alle Gäste in der Halle ein. Und sie verspürten mit einemmal alle Appetit auf ein Glas Wein oder Fruchtsaft. So mußten die Mädel wieder springen. Aber sie taten es gern, zu groß war die Erleichterung nach aller Sorge und Spannung der letzten Stunden.

Rose Grill stürzte herein und rief: „Ich glaube, sie kommen!"

Auf solch einen Empfang war der brave, alte Professor sicher nicht gefaßt: Monsieur Marcel und der Hausdiener trugen ihn durch ein Spalier winkender und lachender Leute.

„Großer Galaempfang", krächzte er mit heiserer Stimme. Er hatte sich anscheinend tüchtig erkältet.

Als erstes untersuchte die Ärztin seinen Fuß. Der war tüchtig geschwollen, schien aber nicht gebrochen zu sein. „Trotzdem werde ich Sie morgen erst einmal im Krankenhaus abliefern", sagte sie zu ihm. „Der Fuß muß geröntgt werden. Jetzt bekommen Sie einen Umschlag, und dann legen Sie sich hin."

Umschlag, ja – damit war er einverstanden. Aber hinlegen? Jetzt, wo er sich beinahe als Held des Tages fühlte? Wie ein kleiner Junge fing der alte Herr zu betteln an: „Ach, liebe Frau Doktor, Doktorchen, eine halbe Stunde noch, ja? Ich muß mich doch bedanken für die Hilfsbereitschaft. Ja? Erlauben Sie, daß ich das halbe Stündchen noch aufbleibe? Bitte!"

Lachend willigte die junge Ärztin ein.

Also mußten Monsieur Marcel und Tim noch einmal kommen. Der Professor legte ihnen die Arme um die Schultern, und so zog er im Triumph wie ein siegreicher Fußballstar in die Halle. Ächzend sank er dort in den Lehnstuhl, den Fräulein Roberts ihm hinschob. Der verletzte Fuß ruhte auf einem Hocker.

Der Glühwein kam zu hohen Ehren. Gustel lief in ihre Küche und bereitete Nachschub.

Es wurde noch ein vergnügter Abend ... Aber nach einer Stunde mahnte die Ärztin: „Jetzt ist es genug, nun bekommen Sie mich nicht mehr weich."

Mit leutseligem Winken verschwand der Unglücksrabe in seinem Zimmer.

Die Ärztin fuhr ihn am nächsten Morgen in die Kreisstadt. Sie kamen nach ein paar Stunden zurück.

„Sie haben seinen Fuß fest bandagiert", berichtete sie. „Es ist eine tüchtige Verstauchung, und er soll unbedingt ein paar Tage den Fuß schonen."

Das Geheimnis um Monsieur Marcel

Eines Tages erhielten sie die Antwort auf alle Fragen über Herrn Marcel. Das geschah an dem Tag, als Mamsell von ihrer Abreise sprach.

„Ich kann nicht mehr viel für Sie tun, ma chère – meine Liebe", sagte sie bei der gemeinsamen Tafel zu Fräulein Roberts. „Jetzt möchte ich gerne abreisen. Sagen wir: übermorgen."

Bevor Fräulein Roberts antworten konnte, unterbrach sie Herr Marcel: „Verehrte Mademoiselle, darf ich Sie bitten, noch einen Tag länger hierzubleiben und dann mit mir gemeinsam zu fahren?"

Wie? Alle Köpfe drehten sich zu ihm um. Verreisen wollte er? Nach Frankreich etwa?

Monsieur Marcel lächelte, als er diese Fragen in allen Gesichtern las. Er wandte sich an Fräulein Roberts: „Ich wollte nachher ohnedies mit Ihnen sprechen. Nun ist es mir vorzeitig herausgerutscht. Ich muß für etwa zehn Tage verreisen. Übermorgen kommen zwei Herren, die mich abholen wollen. Es handelt sich um eine geschäftliche Angelegenheit!"

„Aber Sie kommen wieder?" fragte Fräulein Roberts und wurde rot.

„Wenn ich darf – selbstverständlich."

Na, das war gut! Robbys Schülerinnen atmeten erleichtert

Warum erscheinen die Herrn aus Paris so feierlich?

auf. Was sollte ohne Monsieur aus der Fuchsenmühle und aus Robby werden? Und die drei Großen erinnerten sich an Hannis Ausspruch: „Eigentlich könnte er Robby heiraten!"

Am übernächsten Mittag trafen die angekündigten Besucher tatsächlich ein, sehr elegante Herren in dunklen Anzügen. So feierlich! – Und Herr Marcel sprach von einer geschäftlichen Angelegenheit?

„Monsieur Lati?" fragte der Ältere, als er Hilda auf dem Gartenweg begegnete.

„Bitte – s'il vous plaît." Sie wies zur Tür und öffnete sie einladend. Sie bat die Herren, Platz zu nehmen, und lief hinauf, um an Herrn Marcels Zimmer zu klopfen.

Mamsell war neugierig. Sie hatte von ihrem Fenster aus die Ankunft des Autos erwartet. Eine Pariser Nummer! Mamsell ging würdevoll die Treppe hinunter und in die Halle. Liebenswürdig grüßte sie: „Bonjour, messieurs!“ und tat so, als wolle sie weiter in den Garten gehen. Doch die Herren hatten sich höflich erhoben, und der eine fragte: „Française – Französin?“

„Oui – ja“, antwortete sie und blieb stehen. Und nun erfuhr sie, daß die Herren auf Monsieur Lati warteten (das wußte sie ohnehin). Aber sie erfuhr auch den Grund: Monsieur Marcel Lati war ein bekannter Reiseschriftsteller! Sie schlug sich vor die Stirn: Marcel Lati! Warum hatte sie nie daran gedacht? Und ihm sollte von seinem Verlag in diesem Jahr ein Literaturpreis verliehen werden. Deshalb holten sie ihn nach Paris.

Fast verschlug es Mamsell die Sprache, als sie alles begriff. Das mußte Fräulein Roberts sofort erfahren! Zum Glück betrat gerade Marcel die Halle, und Mamsell verschwand.

Fräulein Roberts wollte kein Aufheben von der Sache machen. Das war sicher gar nicht in Marcels Sinn, fand sie. Sie lud die beiden Besucher höflich zum Mittagessen ein, bevor sie wieder in die Stadt fuhren, um sich für den nächsten Morgen mit Herrn Marcel zu treffen. Aber sie erwähnte mit keiner Silbe, was Mamsell ihr verraten hatte.

Dafür schilderte die Französin ihren „chères filles“ genau, welchen berühmten Mann sie die ganze Zeit neben sich gehabt hatten. Als sie am nächsten Morgen von Herrn Marcel eingeladen wurde, in den Wagen zu steigen und mit nach Frankreich zu fahren, da strahlte sie glücklich über diese Ehre. Von den Mädchen und von Fräulein Roberts hatte sie sich herzlich verabschiedet. Sie alle winkten dem Auto nach.

Natürlich war in den nächsten Tagen in der Fuchsenmühle viel von Marcel Lati die Rede. Daß er ein berühmter Mann war, hatte niemand vermutet. Er trat ja so bescheiden auf, half, wo er konnte, und scheute sich vor keiner Arbeit.

Die Gäste hatten erstaunt beobachtet, als der tolle Wagen aus Paris vorfuhr, und schließlich von Fräulein Roberts und den jungen Mädchen alles erfahren. Soso, ein Schriftsteller, ein preisgekrönter noch dazu . . .! Und der gehörte anscheinend hier ins Haus, wie schön, daß man diesen berühmten Mann kennengelernt hatte!

„Ha", rief Andrea, „wenn unsere Damen von der hohen Kunst, die Amsel und die Frau Kersten, das erlebt hätten!"

Neue Gäste und ein Strauchdieb

Von den Gästen, die den Lindenhof-Mädchen zuerst begegneten, waren nur noch wenige in der Fuchsenmühle. Die Lehrerin, die sich zuletzt mit Mamsell angefreundet hatte, war für kurze Zeit zu einer Tagung gefahren, die sich mit Schulproblemen befaßte.

Frau Strube war von ihrem Mann abgeholt worden. Birgit und Liesel hatten den Vater stürmisch begrüßt. Der kleine Christian hatte sich eigentlich sehr zurückgehalten, er ahnte gewiß, daß seine Tyrannei über die Schwestern nun ein Ende hatte.

Auch die Gymnastiklehrerin, die immer bei der Malerin und der Ärztin gesessen hatte, war längst abgereist. Sie hatte wohl nur eine kurze Ruhepause in der Fuchsenmühle eingelegt, ehe sie mit Freunden zu einer Bootsfahrt zum Schwarzen Meer startete.

Die Ärztin und die Malerin aber waren noch da. Sie und der Steinsammler, den sie bald aus dem Krankenhaus zurück erwarteten, gehörten zur „alten Garde" der Gäste. Nicki und ihre Familie, die Kerstens und die Amsel – sie alle waren gekommen und wieder abgereist.

Seit ein paar Tagen war eine Familie von der Nordsee da. Sie hatten vier Kinder, zwei Jungen und zwei Mädchen, die Berge und Wälder nur aus Büchern kannten.

„Sie sollen einmal sehen, wie schön bucklig und grün die Welt sein kann“, erklärte ihre Mutter, die selber aus den Bergen stammte und sich nach ihnen sehnte.

Es gefiel den Kindern sehr. Sie schleppten Blumen und Blätter heran und fragten: „Was ist das?“

Schade, daß die Studentinnen schon weg waren! Die hätten bestimmt alle Fragen beantworten können. Nun mußten die Zwillinge und ihre Kameradinnen Robby um Bücher bitten und eifrig nachschlagen.

„Ich habe es ja gesagt“, meinte Rose Grill, „es ist fast wie im Internat! Nun lernen wir sogar Pflanzen bestimmen.“

„Eigentlich müßte Herr Groß Bescheid wissen“, sagte Hilda. „Der ist doch Lehrer.“

Aber Herr Groß – auch ein neuer Gast – erklärte: „Ich bin nur für Sprachen zuständig. Mit etwas anderem habt ihr bei mir kein Glück. Das gilt auch für meine Fau.“

Zwei ältere Damen, die Bibliothekarinnen Hete und Grete, wie sie sich anredeten und wie sie auch heimlich von den jungen Mädchen genannt wurden, waren schon da, als die Amsel das Geschrei um ihre Kette gemacht hatte. Sie sahen ein bißchen streng aus – ähnlich wie Fräulein Roberts früher. Sie gingen jedoch viel eleganter angezogen und gaben sich auch ein bißchen vornehm. Die eine war besonders stolz auf ihr jugendliches Aussehen. „Man darf sich nur nicht gehenlassen“, betonte sie bei jeder Gelegenheit.

„Gute Luft wirkt Wunder“, sagte sie einmal zu den Zwillingen. „Schaut mich an, sehe ich aus wie eine Frau von fünfundfünfzig?“

„Nein", versicherten beide sofort.

Aber die unverbesserliche Hanni setzte hinzu: „Sie haben eine Haut wie ein sechzehnjähriger Pfirsich."

Pfirsich und sechzehn Jahre ... das hörte die Dame gern. Aber Nanni gab der Schwester einen Stoß, sobald sie allein waren. „Bist du wahnsinnig?"

„Wieso?" Hanni sah sie mit Unschuldsaugen an.

„Tu bloß nicht so! Ein Pfirsich von sechzehn Jahren, der mag schön runzelig sein!" Nun lachten beide.

„Das hat Madam bestimmt nicht bedacht. Sie hat nur etwas von Pfirsichhaut gehört und von sechzehn Jahren. Da ist sie glücklich. Was willst du mehr?"

Natürlich hatten die Nachrichten über Monsieur Marcel bei den beiden Damen den allergrößten Eindruck gemacht. Schriftsteller – das fiel in ihr Fach. „Natürlich habe ich den Namen schon oft gehört", versicherte die eine. Zum Lesen kommt man ja kaum. Aber ich werde das nachholen. Vor allem, wenn einem ein Autor persönlich bekannt ist!"

Noch am gleichen Tag schrieb sie an eine Kollegin in der Bibliothek, sie möchte ihr doch alle vorhandenen Bände von Marcel Lati schicken. Auf diese Weise bekamen auch Fräulein Roberts, Frau Wendland und die jungen Mädchen Marcels Bücher zu Gesicht.

„Der ist aber wirklich weit in der Welt herumgekommen", urteilten sie. „Kein Wunder, daß er so gut erzählen kann."

Indien und Japan hatte er besucht. In Südafrika hatte er eine Weile gewohnt und war dann an der Ostküste des Schwarzen Erdteils bis nach Ägypten gereist. In Nordamerika und Kanada war er auch gewesen. Und Europa hatte er von Sizilien bis zum Nordkap kennengelernt.

„Und der setzt sich in diesen abgelegenen Winkel!" Conny sagte es kopfschüttelnd. „Das verstehe ich nicht, so schön ich es hier finde."

„Vielleicht hat er genug gesehen und möchte seine Ruhe haben", antwortete ihre Freundin Erika.

„Oder Robby gefällt ihm so gut", sagte Hanni trocken, und die Kleineren prusteten vor Lachen.

„Alberne Gänse!" knurrte Hanni. Sie fand immer mehr, daß die beiden großartig zusammenpaßten.

Die Damen Hete und Grete lasen viel Kriminalromane und Schauergeschichten. Eigentlich paßte das gar nicht zu ihrem klugen Getue. Doch wenn es ihnen Spaß machte . . . bitte sehr! Die Zeitungen und Illustrierten blätterten sie ebenfalls gründlich durch und kannten daher viel Klatsch- und Greuelgeschichten.

„Ihr solltet lieber nicht so weit herumlaufen", warnten sie die Zwillinge. „Zu leicht kann euch ein Unheil zustoßen."

Die beiden lachten. „Jetzt sind wir schon über drei Wochen hier und kennen uns ganz gut aus."

„Na, wenn ihr es besser wißt . . . Wir haben euch gewarnt."

Da wurde im Rundfunk eine Meldung durchgegeben: Aus einer Strafanstalt war ein Gefangener ausgebrochen. Die Bevölkerung wurde um Aufmerksamkeit und Mithilfe gebeten. Kennzeichen des Sträflings: rote Haare, blaue Augen mit buschigen Brauen, untersetzte Gestalt. Unbekannt war, wohin er sich gewendet hatte, unbekannt war auch seine Kleidung, denn den Arbeitsanzug trug er gewiß nicht mehr.

„Habt ihr heute morgen die Nachrichten gehört?" fragte die Dame Grete, als Hilda das Gemüse brachte.

„Leider nein."

„Es war aber wichtig!" Und sie schilderte den Ausbrecher, der gut und gern auch hier in den Wäldern untergekrochen sein konnte. „Die Zwillinge haben wir schon ein paarmal gewarnt. Sie glauben uns nicht. Hoffentlich nimmst du es dir mehr zu Herzen."

Hete sprach auch mit Fräulein Roberts. Die war zwar überzeugt, daß keinem ihrer Mädchen bei den Wanderungen eine Gefahr drohte. Sie bat sie trotzdem, vorsichtig zu sein. „Tut es mir zuliebe. Ich trage ja die Verantwortung für euch."

Die Bibliothekarinnen waren selber aber auch nicht allzu ängstlich bei ihren Spaziergängen. Sie gingen immer größere Bogen. Vielleicht hielten sie ihre Regenschirme, die sie stets mitführten, für ausreichende Waffen.

Bei einem ihrer Ausflüge stießen sie auf eine äußerst verdächtige Gestalt. Es war ein älterer Mann in – ja, man konnte

„Eine äußerst verdächtige Gestalt!" flüstern die Damen ängstlich

sagen: in Räuberzivil! Er trug eine karierte Jacke und Bundhose. Kragen und Krawatte fehlten. Der Hut, den er im Vorbeigehen höflich lüftete, hatte eine speckige Krempe. Der ganze Mann wirkte gar nicht gepflegt, eher ein bißchen verwahrlost.

„Und sieh nur", sagte Grete laut, nachdem sie beide dem seltsamen Waldläufer schweigend nachgeschaut hatten, „seine Haare sind rot."

„Ja", antwortete Hete, „sein Bart auch."

Richtig, sein Gesicht umrahmte ein Vollbart! Das hatte man im Rundfunk nicht erwähnt. „Der ist ihm wahrscheinlich während seiner Rumtreiberei gewachsen."

Vorsichtig drehten sie sich um. Dort hinten stand der Rübezahl und schien irgendwas zu suchen. Schnell schlüpften die Damen hinter das Gebüsch. Er brauchte ja nicht zu merken, daß sie noch in der Nähe waren und ihn beobachteten.

Aber was beabsichtigte er? Da ... er hatte ein Gewehr in der Hand! Er untersuchte es genau, hing es sich um die Schulter und bog in einen winzigen Jägerpfad ein. Das schien ein ganz gefährlicher Bursche zu sein!

Die Dame Hete sah Dame Grete an. Die nickte ihr zu. Das hieß: „Wir müssen ihn unschädlich machen!"

Vorsichtig schlichen sie ihm nach. Das war nicht schwer. Sie sahen ihn zwar nicht, aber sie hörten ihn. Denn der Mensch pfiff vergnügt vor sich hin. Er *pfiff!* Er mußte sich ganz sicher fühlen. So eine Unverfrorenheit!

Dort vorn schien eine Hütte zu sein ... Eine Tür klappte. Sicher war er hineingegangen. Die beiden Damen folgten ihm langsam. Der Schlüssel steckte außen. Den hatte wohl ein Forstbeamter stecken lassen, welcher Leichtsinn! Oder hatte der Kerl einen Komplizen?

Mit größter Vorsicht drehte eine den Schlüssel herum und zog ihn heraus. Dann aber los!

Im Sturmschritt ging es zur Fuchsenmühle. Dort war alles

still – wie meist in der Zeit nach dem Mittagessen. Aber das war gleichgültig. In der leeren Halle stand das Telefon, das die Gäste benutzen konnten. Die Polizei mußte her!

„Hier Landpolizei!"

„Ja, hier ist das Kurheim Fuchsenmühle. Ich bin ein Gast und eben auf einem Spaziergang mit einer Freundin dem entsprungenen Sträfling begegnet ..."

„Moment ... der gestern abend im Fernsehen genannt wurde?"

„Ja, und im Rundfunk. Dort haben wir es gehört. Die Beschreibung stimmt."

„Und wo ist er jetzt?"

„Wir haben ihn dingfest gemacht ... im Wald draußen ... in einer Hütte."

„Sind Sie ganz sicher?"

„Absolut! Kommen Sie so schnell wie möglich."

„Gut, in zwanzig Minuten sind wir bei der Fuchsenmühle. Finden wir Sie dort?"

„Wir erwarten Sie am Eingang. Beeilen Sie sich."

Es dauerte keine zwanzig Minuten, da raste der Polizeiwagen heran. Der Fahrer öffnete: „Bitte, meine Damen, steigen Sie ein, und weisen Sie uns den Weg."

Im Wagen hinten saß noch ein Beamter. Auf ein Zeichen von Hete hielt der Wagen vor dem Jägerpfad an. „Dort entlang geht es."

„Also lassen wir den Wagen stehen", sagte der Polizist und ging schnell voran zur Hütte.

„Haben Sie Waffen?" fragte Grete.

„Ja, natürlich."

„Hier ist der Schlüssel!"

„Aha! Respekt, meine Damen, Sie machen es uns leicht." Er schloß auf und rief: „Hände hoch oder ..." Er stockte, stand plötzlich stramm und grüßte höflich: „Herr Oberforstrat!"

„Nanu, das ist ja Laumann. Nun, mein Lieber, Sie kommen mit Schwung herein. Was verschafft mir die Ehre?“

Die Bibliothekarinnen waren platt. Sie wagten nicht wegzulaufen, was sie am liebsten getan hätten. Der Polizist drehte sich zu ihnen um. „Ja, meine Damen, das ist ein peinlicher Irrtum. Darf ich vorstellen: Dies ist Herr Oberforstrat Eisenreich.“

„Und für wen hielten Sie mich?“ wandte sich der Oberforstrat an die verlegenen Damen, die ihn stumm betrachteten.

An ihrer Stelle bekannte Laumann Farbe: „Da gab die Polizei in den letzten Tagen eine Meldung durch: Ein Sträfling ist ausgebrochen. Er hat rote Haare.“

„Ach so. Die habe ich auch. Und jetzt sehe ich erst, wie recht meine Frau hat. Sie behauptet immer: ‚Wenn du in den Forst gehst, siehst du meist aus wie ein Strauchdieb!‘ Ich höre sie nun schon: ‚Geschieht dir recht, mein Lieber. Mir wärst du auch verdächtig vorgekommen!‘ – Aber nun treten Sie ein, meine Herrschaften, und trinken Sie mit mir einen Schluck auf den Schreck.“

So saßen sie plötzlich miteinander am Tisch, der vermeintliche Sträfling, zwei Polizisten und die beiden Damen, die einen Verbrecher jagen wollten.

„Grämen Sie sich nicht, meine Damen“, tröstete der Oberforstrat, „im Grund hatten Sie recht. Bei solchen Sachen ist Mißtrauen besser als Leichtsinn. – Aber einen Vorteil will ich nun auch haben.“ Er wandte sich an den Polizisten: „Bitte, nehmen Sie mich zur Fuchsenmühle mit. Ich möchte die neue Besitzerin kennenlernen.“

„Mit Vergnügen“, sagte der Polizist. Und Vergnügen machte es ihm wirklich: Der Oberforstrat stieg zu ihm auf den Fahrersitz, und so blieb den Damen nichts übrig, als sich nach hinten zu dem zweiten Polizisten zu setzen.

Das Problem Tina

Dann quartierte sich eine Familie mit drei Kindern ein, die in der Heide zu Hause war. Als sie kaum guten Tag gesagt und ihre Koffer ausgeladen hatten, bat die Mutter, Frau Niemann, Fräulein Roberts um eine Unterredung.

„Na, was mögen die wieder für Extrawünsche haben!" murmelte Rose Grill. „Manche sind richtig erfinderisch darin."

Die anderen lachten, denn keine war so eifrig, netten Gästen alle Extrawünsche von den Augen abzulesen, wie Rose. Wer hatte einem alten Herrn, der nur zwei Tage in der Fuchsenmühle wohnte, abends seine Rotweinflasche hingestellt? Wer hatte Herrn Marcel von den Sorgen der Malerin erzählt: „Jetzt gehen meine Papiervorräte langsam zu Ende", so daß er bei der nächsten Stadtfahrt Zeichenblöcke besorgte? Und wer legte Herrn Kersten, dem armen Pantoffelhelden, morgens die Zeitung auf seinen Tisch, mit dem Kulturteil für seine Frau? Immer wieder Rose. Sie lauerte förmlich auf Sonderwünsche der Gäste, die zu erfüllen sie immer bestrebt war. Diesmal brachte die neue Besucherin ein sonderbares Anliegen vor.

„Unser Jüngster hat uns gestern abend überrascht: Er hat heimlich seinen Muckel, den geliebten Stallhasen, mit auf die Reise genommen. Wir haben uns mittags gewundert, als wir Rast machten, warum er um den geöffneten Kofferraum herumschlich. Abends brachte er uns dann einen Karton mit vielen Löchern und erklärte: ‚Ich muß Muckel füttern.' Sie können sich unseren Schrecken vorstellen. Über Nacht haben wir das arme Tier in seinem Karton ans offene Hotelfenster gestellt und es unterwegs mit ein paar gelben Rüben gefüttert. Aber nun muß ich Sie um Hilfe bitten."

Fräulein Roberts mußte lachen, dies war zu komisch! „Da wird aus der Fuchsen- nun eine Hasenmühle! Ich lasse Ihrem Muckel einen Verschlag bauen.“ Sie rief nach Tim.

Muckels Besitzer, der siebenjährige Bernhard, erschien bald in Fräulein Roberts' Büro. „Danke schön“, sagte er, „und ich soll bestellen, daß ich selber für Muckel sorgen werde. Ich suche ihm immer frisches Grünzeug.“

„Fein, Bernhard. Ich werde trotzdem unsere Köchin bitten, daß sie gelegentlich an deinen Muckel denkt. Geh doch selber gleich zu ihr. Sie ist in der Küche – dritte Tür im Flur links.“

„Na, junger Herr“, begrüßte Gustel den kleinen Burschen, „hast du Hunger oder Appetit auf etwas Gutes?“

„Ich nicht“, antwortete Bernhard, „aber mein Hase.“

„Soso, und ich soll ihm etwas geben.“

„Ja, wenn Sie so gut sein wollen.“

„Also, komm jeden Morgen gegen neun zu mir. Dann ist das Gemüse geputzt, und von den Abfällen wird dein Hase satt.

Wenn Bernhard nun morgens kam, um Muckels Futter abzuholen, lag daneben immer noch eine Leckerei für ihn: ein paar Kekse, eine Schüssel mit Pudding, Obst oder Eis. „Muckel mitzunehmen, war eine prima Idee“, sagte er zu den Geschwistern, die entrüstet diese Bevorzugung bemerkten.

Die beiden größeren Geschwister waren Zwillinge. „Genau wie ihr“, rief Erika den Zwillingen zu.

Aber da fauchte Nanni sie an: „Sag das nicht noch einmal! Die beiden sind ja wie Hund und Katze! – abgesehen davon, daß sie ein Junge und ein Mädchen sind, die sich überhaupt nicht gleichen. Hör doch bloß, wie sie sich streiten!“

„Gib bloß nicht so an!“ schrie Tina gerade. „Als Junge mußt du viel besser Mathe können, mir liegt es nun mal nicht.“ Damit schoß Tina aus der Tür und knallte sie hinter sich zu.

Hanni wanderte zum Bruder Tom hinüber. „Hat Tina geweint? Warum?"

„Ach, das ist ein Ärger mit ihr. Sie steht in Mathe schlecht und ist hängengeblieben. Nach den Ferien kann sie die Prüfung noch einmal machen. Doch sie arbeitet nicht."

„Warum hilfst du ihr denn nicht?"

„Damit ich das Buch an den Kopf kriege, wenn sie nicht sofort begreift? Danke – nee!"

„Wahrscheinlich hast du nicht genug Geduld."

„Was denn noch? Sie kann sich ja anstrengen. Ihre beste Freundin wird versetzt. Bleibt Tina sitzen, werden sie getrennt."

Eine dumme Geschichte! Sie waren selber keine Leuchten in Mathematik. Immerhin war Tina mindestens drei Jahre jünger. Was sie in der Schule lernte, mußte für die Großen aus der Fünften – demnächst sechsten Klasse – leicht sein.

„Wollen wir ihr nicht helfen?" fragte Hilda. Die Zwillinge nickten. Bevor sie noch mit dem Mädchen reden konnten, mußten ihre Eltern verreisen. Herrn Niemanns Bruder war gestorben.

„Was machen wir bloß mit den Kindern?" fragte Herr Niemann seine Frau.

Sie überlegte und meinte dann: „Ob wir uns nicht an deinen Kollegen wenden können, an Herrn Groß? Wir haben uns ja ein paarmal ganz nett mit ihm und seiner Frau unterhalten. Es handelt sich doch nur um wenige Tage."

Großens hatten keine sonderliche Lust, doch sie stimmten mit süßsaurer Miene zu. Aber dann kam Fräulein Roberts und versicherte: „Sie können unbesorgt fahren. Ich kümmere mich um Ihre Kinder. Und meine Mädels aus Lindenhof werde ich auch darum bitten. Zum Glück sind ja alle sieben noch hier."

Frau Niemann erkundigte sich: „Kommen die jungen Mädchen aus einem Internat?"

„Ja. Ich habe bis vor kurzem dort unterrichtet."

„Wissen Sie, wir wollen Tina auch in ein Internat schicken. Sie ist etwas schwierig. Zweimal ist sie uns schon durchgebrannt – wegen schlechter Leistungen in der Schule. Anbinden können wir sie nicht. Deshalb scheint ein Internat eine gute Lösung zu sein."

„Das glaube ich auch. Vielleicht können meine Mädchen in dieser Beziehung ebenfalls etwas tun."

Niemanns reisten ab, nachdem sie ihre Kinder ermahnt hatten, sich gut zu betragen. Mit den Buben gab es kaum Schwierigkeiten. Die liefen herum, spielten mit Bernhards Muckel und stöberten am Waldrand einen Igel auf, der ihnen viel Spaß machte.

Tina setzte ihre verschlossenste Miene auf, als Herr Groß die drei Geschwister an seinen Tisch rief. Sie war kaum zum Reden zu bringen. Großens gaben sich freilich auch nicht sonderliche Mühe, ihr Vertrauen zu gewinnen.

Hanni ging zu Tina. „Wir haben uns etwas ausgedacht: Du ziehst um, kommst mit in unser Zimmer. Es wird zwar ein bißchen eng, aber es ist doch besser, als wenn du allein bist."

„Ist mir ganz wurscht", murmelte Tina patzig. Aber sie ging trotzdem und wahrscheinlich sogar erleichtert auf den Vorschlag ein. Unwillkürlich kamen sie abends vor dem Einschlafen ins Schwatzen. Tina schimpfte auf die dumme Mathe, und die anderen stimmten von Herzen ein. Sogar Hilda, die auch in diesem Fach die Klassenbeste war, hatte nicht viel damit im Sinn. Dabei erzählte Tina, daß sie nach den Ferien noch einmal geprüft werden sollte.

„Wir können ja miteinander arbeiten", schlugen die Großen vor. „Soviel wissen wir schon."

„Hat ja doch keinen Zweck", wehrte Tina ab. „Ich soll in ein Internat. Dieser Gedanke macht mich ganz närrisch."

„Nanu? Warum denn?"

„Ja, habt ihr noch nicht gehört, wie es dort zugeht? Von früh bis abends steht man unter Aufsicht. Es wird vorgeschrieben, was man anzieht. Freistunden gibt es nicht. Alles wird gemeinsam gemacht. Die Briefe, die man selber schreibt oder die man kriegt, werden kontrolliert. Es ist wie im Gefängnis."

Sprachlos hatten die drei zugehört. Nun lachten sie schallend.

Tina sah von einer zur anderen. „Warum lacht ihr denn? Es stimmt, was ich sage. Verlaßt euch drauf."

„Aber, Tina!" Hilda hatte sich zuerst gefaßt. „Du darfst nicht alles glauben, was die Leute dir vorschwatzen. Wer hat dir diesen Bären aufgebunden? Dein Bruder vielleicht?"

Tina nickte.

Eifrig büffelt Nanni mit Tina Mathe

„Der hat dich bloß erschrecken wollen. Schau uns an. Ich bin seit fünf Jahren im Internat Lindenhof, die Zwillinge seit vier."

„Ihr?" Jetzt verschlug es Tina die Stimme. „Ihr seid im Internat?"

„Und es ist pfundig." Nun fingen sie an, von Lindenhof zu erzählen und zu schwärmen. Sie berichteten von manchem Ulk, den sie gemacht hatten, von Mitternachtspartys und Gespenstergeschichten, von heimlichen Ausflügen und von vielen lustigen Streichen. Sie kicherten dabei. Eine erinnerte die anderen wieder an etwas, und es wurde so vergnügt, daß die jüngeren Mädchen nebenan wach wurden und hereinschauten.

Tina saß aufrecht in ihrem Bett und lauschte mit großen Augen. Ja, wenn das so ist! „Eigentlich müßte ich dann auch nach Lindenhof gehen", meinte sie. „Glaubt ihr, das läßt sich machen?"

„Da mußt du Fräulein Roberts fragen. Die war bis jetzt eine von unseren Lehrerinnen."

„Und deine Eltern müssen auch einverstanden sein", mahnte Hilda.

„Das Problem Tina scheint gelöst", berichtete sie am anderen Tag Fräulein Roberts und zeigte auf die Terrasse, wo Nanni mit Tina saß und eifrig Mathe büffelte.

Ein vornehmer Gast!

Eines Tages überraschte Fräulein Roberts und die jungen Mädchen ein besonderer Besuch. Ein schnittiger Wagen fuhr vor, aus dem ein Herr und zwei elegante Damen ausstiegen. Die eine davon war Angela von Faber, eine Klassenkameradin der

Großen. Sie bekamen Zimmer für zwei Nächte, zogen sich um und erschienen dann auf der Terrasse. Fräulein Roberts hatte sie schon begrüßt.

Verwundert starrten die Mädchen Angela an, die in ihrem eleganten Kleid heranstolzierte.

„Da staunt ihr, was?“ rief Angela ihnen zu. „Ich muß doch einmal nachsehen, wohin es euch verschlagen hat und wie ihr euch als Hotelangestellte macht.“

Das war so typisch Angela: hochmütig und boshaft!

„Rührend, daß du dich so um uns kümmerst“, sagte Hanni. „Das ist direkt belebend in unserem Sklavendasein.“

„Ja?“ fragte Angela gierig. Sie hörte, was sie gern hören wollte. „Hat die Roberts euch sehr ausgenützt?“

„Ach, Angela, du wirst andere nie begreifen“, sagte Hilda lachend. „Sehen wir unterdrückt aus? Es war eine wunderschöne Zeit.“

„Nein, das verstehe ich wirklich nicht.“ Sie winkte ihrer Mutter zu, die gerade aus dem Haus trat. „Ich komme, Mami!“

Die beiden Damen waren die Sensation in der Fuchsenmühle. Wenigstens bildeten sie sich das ein, als sie abends in großer Toilette zum Abendessen erschienen. Daß ein paar von den Gästen schmunzelten, bemerkten sie nicht. Besonders die „alteingesessenen“ Gäste, die Malerin und die Ärztin, amüsierten sich sehr.

„Sagt mal, dieses komische Geschöpf geht in eure Klasse?“ fragte Margit die Zwillinge. „Benimmt sie sich da auch so närrisch?“ Dabei schob sie ihnen ein paar Zeichnungen hin: Angela und ihre Mutter, beide großartig karikiert.

Die Zwillinge lachten, und Hanni sagte: „Es hat wcgcn Angela schon manchen Ärger gegeben. Trotzdem glaube ich, daß sie halb so schlimm ist, wie sie tut. Sie hat sich in Lindenhof schon geändert, nicht wahr, Nanni?“

„Bestimmt! Aber wenn sie nach den Ferien von zu Hause kommt, ist sie immer ein bißchen verdrehter als vorher."

„Dabei scheint der Vater ein ausgesprochen sympathischer Mann zu sein", sagte die Ärztin, die sich zu den dreien gesetzt hatte. „Ich traf ihn eben im Garten, wo er Rosensorten studierte, und wir haben ein wenig geplaudert."

Er war wirklich nett. Beim Frühstück am anderen Morgen rief er Hilda, die in der Nähe stand: „Ich möchte Angelas Klassenkameradinnen gern zu einem Ausflug einladen. Mit Fräulein Roberts habe ich gesprochen. Sie schlug einen Badeausflug zu einer Talsperre in der Nähe vor. Was hältst du davon?"

„Fein", antwortete Hilda. „Dorthin wollten wir schon lange einmal. Aber es ist nie etwas daraus geworden. Darf ich den anderen Bescheid sagen?"

„Freilich! Wir können in einer halben Stunde aufbrechen."

Kaum war Hilda verschwunden, fielen seine beiden Damen über den armen Herrn von Faber her. „Wie kommst du auf eine solche Idee?" fragte seine Frau. „Glaubst du, es wird ein Vergnügen für mich sein, den ganzen Tag mit diesen naiven Geschöpfen zu verbringen? Was soll ich mit ihnen reden? Sie haben sicher keine anderen Interessen als die Schule und hier das bißchen Hauswirtschaft."

„Du mußt nicht mitkommen", sagte er geduldig. „Nimm dir ein Buch, und leg dich im Garten in einen Stuhl. Du mußt dich ohnehin von der langen Fahrt erholen."

„Auf mich darfst du ebenfalls nicht rechnen", setzte Angela mit klagender Stimme hinzu. „Eine Talsperre – was soll ich da? Ja, wenn es ein Badestrand an der Küste wäre – mit interessanten, schicken Leuten . . ."

„Schade! Ich hatte mich drauf gefreut, daß meine Tochter einmal mit Gleichaltrigen unbekümmert vergnügt sein könnte. Aber ich merke schon, ich muß auch auf deine Begleitung verzichten. Gut, ich werde sehen, wer sonst noch Lust zu dem Ausflug hat."

Auf die Bitte der jungen Mädchen lud er die Niemann-Kinder ein, deren Eltern gerade erst wieder zurückgekommen waren und sich ein wenig ausruhen wollten. Freilich wurde der Platz knapp, aber auch da fand sich Abhilfe: Die Ärztin und ihre Freundin wollten gern mitfahren, und sie luden die beiden Buben in ihren Wagen ein. Bernhard freilich wäre für sein Leben gern in Herrn von Fabers tollen Wagen gestiegen, doch das wagte er aus lauter Respekt nicht zu sagen.

Der Badestrand war eine Überraschung – was hätte Angela wohl gesagt! Es gab dort sogar Wohnwagen und Zelte. Das hatte niemand vermutet.

Sie holten die Badesachen heraus, die sie in der Fuchsenmühle bisher nur zum Sonnenbaden gebraucht hatten, und schwammen weit hinaus. Ein lang entbehrtes Vergnügen. Ein großer Teil der Talsperre war für Badegäste abgegrenzt. Die Ärztin schwamm zum anderen Ufer hinüber und winkte von dort, sie sollten nachkommen. Gemeinsam kletterten sie dann einen schmalen Pfad zu einer kleinen Plattform hinauf und hatten einen unerwarteten Ausblick: Vor ihnen lag der ganze riesige See, von dem sie bisher nur einen Zipfel gesehen hatten. Erst hinter einer vorspringenden Bergnase begann die eigentliche Talsperre. Sie lag mitten in hohen Wäldern, wo kein Strand mehr war. Am anderen Ende ragte ein gewaltiger Aussichtsturm über die Bäume hinaus.

„Dorthin müssen wir noch fahren", meinte Margit. „Der Ausblick soll einzig schön sein."

„Da staunt ihr", sagte die Ärztin lachend, „daß wir so gut Bescheid wissen, obwohl wir noch kein einziges Mal hier waren. Wißt ihr, wer uns heute morgen noch diese Tips gegeben hat? Unser braver Tim, der in der Nähe zu Hause ist und schon als Bub in der Talsperre gebadet hat. Freilich gab es damals noch nicht diesen Betrieb da unten. Der existiert erst seit zwei Jahren und ist bis heute ein Geheimtip für Eingeweihte geblieben – sagt Tim."

„Wir müssen zurück", erinnerte Hilda. „Die Niemanns sind drüben allein. Wer weiß, was sie anstellen! Herr von Faber kann sich ja nicht auch noch um sie kümmern."

Er kann nicht ... meinte Hilda. Doch er tat es längst. Sie fanden eine aufgeregte Gruppe am anderen Ufer. Der kleine Bernhard heulte. Tina heulte auch. Tom stand mit bockigem Gesicht abseits.

Herr von Faber tröstete Bernhard. „Ist ja schon wieder gut. Bedanke dich aber bei deiner tüchtigen Schwester!"

Fremde waren herangekommen und redeten eifrig. Ein Mann mit seiner Kamera trabte herbei.

„Was ist denn los?" rief die Ärztin schon von weitem.

Nun, die Geschwister wollten auch baden. Tina konnte gut schwimmen. Sie warnte den kleinen Bruder: „Bleib schön am Ufer bei Tom. Ich bin schnell wieder hier. – Tom, paß auf Bernhard auf!"

Sie war noch nicht lange geschwommen, da hörte sie Hilfeschreie, wandte sich um und sah Bernhard auf dem Wasser treiben. Tom stand am Ufer und schrie. Einige Badegäste kamen zu Hilfe. Aber noch vor ihnen hatte Tina den Kleinen erwischt. Er wehrte sich in seiner Angst heftig gegen ihren Griff, doch unterstützt von den anderen, konnte sie ihn ans Ufer schleppen.

Herr von Faber, der behaglich im Sand gelegen und ein bißchen geschlafen hatte, war nun dabei, den aufgeregten Bernhard zu trösten. Das alles erfuhren sie von den Leuten. Auch der Kameramann, der sich als Reporter einer Illustrierten entpuppte, erfuhr es, knipste eifrig und machte sich Notizen.

„Ich soll einen Bericht über die Talsperre schreiben", sagte er zu Herrn von Faber. „Diese Geschichte bringt Leben hinein. Was sind das für junge Mädchen?“

Sie wurden auch geknipst, mußten von ihrem Ferienjob erzählen und bekamen das Versprechen, er würde sie am nächsten Tag in der Fuchsenmühle besuchen. Na, wenn das nichts war!

„Welches Pech für Angela, daß sie nicht mitfuhr“, sagte Hanni leise zur Schwester. „Ein Bild von ihr in einer Illustrierten, da hätte sie sich gewiß gefreut!“

Ehe sie nach einer ausgiebigen Rast und einem großen Beruhigungseis wieder in den Wagen stiegen, um erst zum Aussichtsturm und dann zurück zur Fuchsenmühle zu fahren, fragte Nanni: „Eines begreife ich nicht: Weshalb ist Tom seinem kleinen Bruder nicht zu Hilfe gekommen? Die anderen Leute haben das übrigens auch gefragt.“

Tina lachte laut: „Weil er nicht schwimmen kann. Er hat Angst.“

Wütend drehte sich Tom nach ihr um, doch Nanni konnte sich nicht verkneifen: „Ja, Mathematik ist nicht das einzige, das man verstehen muß.“

Übrigens saß bei der Rückfahrt Bernhard vorn neben Herrn von Faber. Er hatte sich ein Herz gefaßt und darum gebeten. Deshalb hatte Hilda ihm ihren Platz angeboten. Sie selber fuhr mit der Ärztin und unterhielt sich munter mit den beiden Damen.

Tom saß stumm und beleidigt neben ihr.

Die Familie von Faber fuhr am nächsten Tag weiter.

„Mir ist das alles zu kleinkariert“, erklärte Angela Hilda. „Meine Mutter und ich legen Wert auf anregende Begegnungen, und damit ist es hier schlecht bestellt.“

„Dann noch schöne Ferien!“ war Hildas knappe Antwort. Sie alle bedauerten nur Angelas Vater. Doch er sah zum Glück nicht so aus, als ließe er sich auf dem Kopf herumtanzen.

Sieben kleine Negerlein

„Daß Robby in einer Woche Geburtstag hat, haben wir alle vergessen", sagte Andrea eines Tages.

„Na, du bist vielleicht gut", antwortete Erika. „Das hätte dir wahrhaftig ein bißchen früher einfallen können!"

„Schimpf nicht, Erika", beschwichtigte Hilda. „Besser, sie erinnert uns jetzt noch dran als in einer Woche. Nun können wir noch etwas vorbereiten. Gleich als Abschiedsgeschenk, weil wir bald heimfahren."

Bloß was? Auf diese Frage wußte niemand eine Antwort.

„Treffen wir uns heute abend." Das war Hannis Vorschlag. „Bis dahin hat vielleicht eine von uns einen guten Einfall."

So einfach war das nicht. Am Abend saßen alle stumm beieinander. Kaufen konnten sie nichts mehr. Wann kamen sie schon in die Stadt? Wäre Monsieur Marcel noch da, hätte er sie gewiß hingefahren.

Schließlich meinte Erika: „Ich wüßte etwas. Eine Reisedekke, die Robby benutzen kann, wenn sie sich mittags ein bißchen hinlegt."

Die anderen sechs sahen sie an: „Und wo kriegen wir die her?"

„Wir stricken sie selber. Ich habe Wolle dabei ... ihr auch?" Hilda hatte welche, Andrea und Rose auch.

„Vielleicht können wir Frau Wendland und Gustel fragen. Die haben bestimmt einen kleinen Wollvorrat."

„Wir können doch unmöglich noch so eine große Decke fertigstricken, auch wenn wir uns ständig ablösen und in jeder freien Minute arbeiten."

Erika hatte es anders gemeint: „So eine Decke muß etwa

zwei Meter lang und einen Meter fünfzig breit sein. Wenn jede von uns nun knapp dreißig Zentimeter von der Länge strickt, kommt es genau hin. Zum Schluß nähen wir die Stükke zusammen."

Das gefiel allen. Sofort gingen sie auf die Wolljagd. Die Farben sollten gut zusammenpassen. Es klappte tadellos. Auch genügend Stricknadeln bekamen sie. Sie überlegten sich, daß sie am einfachsten siebenundzwanzig Zentimeter breite und einsfünfzig lange Stücke anfertigten, und rechneten die nötige Maschenzahl aus. Dann gingen sie noch am gleichen Abend an die Arbeit . . .

Im Laufe der nächsten Tage erfuhren auch die Gäste von dem nahen Geburtstagsfest. Nun fragten sie ebenso: „Was können wir schenken?" Denn sie fühlten sich in der Fuchsenmühle ganz wie zu Hause. Und das war hauptsächlich das Verdienst von Fräulein Roberts. Auch sie suchten lange vergebens nach einem passenden Einfall. Dann hörten sie eine der Bibliothekarinnen sagen: „Eigentlich liegt die Fuchsenmühle recht einsam. Im Sommer ist ja immer viel los. Aber im Winter mag es sehr still sein. Fräulein Roberts sollte dann doch einen scharfen Hund haben."

„Das ist es!" rief die Ärztin Stefanie laut. „Ein Hund!"

Erstaunt sahen sich die Gäste nach ihr um.

„Ich meine", sagte Stefanie wieder, „wir sollten ihr einen Hund schenken, einen jungen Schäferhund."

Großartige Idee! Die anderen nickten beifällig, und jemand sagte zu der jungen Dame, die erst wenige Tage vorher eingezogen war: „Fräulein Lehmann, sind Sie nicht Tierpflegerin? Da haben Sie doch gewiß Beziehungen?"

„Zu Hunden?" fragte die Dame lachend. „Gewiß. Ich besitze übrigens selber einen Hundezwinger. Warten Sie, ich zeige Ihnen meine Lieblinge." Sie lief in ihr Zimmer und kam mit einem Stoß Fotos wieder. „Hier sind sie!"

„Wie eine verliebte Oma, die Bilder ihrer Enkel zeigt", sagte die Malerin neckend.

„Freilich, die Tiere kommen mir oft wie meine Kinder vor", antwortete Fräulein Lehmann.

Es waren wirklich prachtvolle Tiere, die sie zeigte: zwei Doggen, einen dunklen, fast schwarzen Schäferhund, einen weißen Königspudel und zwei Rauhhaardackel.

„Die Schäferhündin hatte zwei Junge", erzählte sie. „Den einen Welpen habe ich schon weggegeben, der andere ist noch bei der Mutter. Er ist sechs Wochen alt und ebenso dunkel wie die Hündin."

„Das ist genau das Richtige!" riefen ein paar. „Geben Sie ihn her?"

„In die Fuchsenmühle mit ganz besonderer Freude", versicherte Fräulein Lehmann. „Die Frage ist bloß: Wer holt ihn ab und bringt ihn her?"

„Das ist ganz einfach", meinte die Ärztin, „wir beide – Sie und ich – fahren kurz vor dem Geburtstag zu Ihnen und holen das Tier. Dabei können wir gleich noch Futter und einen Korb für ihn besorgen." Das war also abgemacht.

Für die Mädchen wurde es schwieriger. Sie strickten und strickten. Breit waren die Stücke ja nicht, aber lang! Ein Meter fünfzig, du liebe Zeit!

„Wenn ich täglich fünfundzwanzig Zentimeter stricke, bin ich in sechs Tagen fertig", rechnete Hanni. „Doch das schaffe ich einfach nicht. Ich bin kein Held im Stricken."

Die anderen lachten. Hanni war überhaupt nicht sehr für Handarbeiten. Sport lag ihr mehr.

„Sehr ordentlich sieht das nicht aus", kritisierte Nanni. „Du strickst viel zu locker, und dort ist eine Masche gefallen."

Hanni knallte die Strickerei auf den Tisch. „Ich mag nicht mehr. Eine blödsinnige Idee, diese Strickerei!"

Am nächsten Tag nahm sie die Arbeit doch wieder in die

Hand. Schließlich konnte sie die anderen ja nicht im Stich lassen. Doch dann kam die Katastrophe – wenigstens empfanden es die Freundinnen so!

„Erika, komm schnell ans Telefon“, rief Fräulein Roberts.

Erika sauste und bekam beim Hören heiße Wangen. „Fein, Mutti“, jubelte sie. „Oh, da freue ich mich und Conny gewiß auch. Bis übermorgen also!“ Sie rannte schnell zu ihrer Freundin und berichtete, und dann liefen beide zu Fräulein Roberts.

„Denken Sie nur“, rief Erika ihr entgegen, „meine Eltern kommen übermorgen früh und holen uns beide ab. Wir werden kurz in die Stadt fahren. Sie haben schon Theaterkarten besorgt. Sogar unsere Festkleider bringen sie mit, damit wir richtig angezogen sind. Ist das nicht himmlisch?“

Fräulein Roberts hatte wohl schon Bescheid gewußt, aber sie wurde von der Freude richtig angesteckt. „Dann müßt ihr morgen früh packen und anschließend noch einmal alles genießen. Nun sagt den anderen Bescheid.“

Diese anderen waren entsetzt. „Was wird aus unserer Dekke?“ fragte Andrea. „Ihr habt eure Stücke doch gewiß noch nicht fertig. Wie sollen wir das schaffen? Und zusammennähen müssen wir die einzelnen Teile auch noch.“

Zwanzig Zentimeter strickten die beiden noch. Danach waren ihre Teile am längsten. Trotzdem fehlte immer noch ein Stück.

„Aufgeben dürfen wir nicht“, meinte Hilda. „Wir haben immerhin noch vier Tage Zeit.“

„Natürlich, das fanden die anderen auch. Aber Hilda wurde zwei Tage später ebenfalls überraschend abgeholt. Und Rose Grill erwarteten Bekannte in der Stadt, deshalb fuhr sie gleich mit Hilda.

„Wie bei den kleinen Negerlein“, seufzte Andrea. „Sieben kleine Negerlein, die strickten allerlei. Vier haben sich davongemacht, nun sind wir nur noch drei.“

Werden wir das Geburtstagsgeschenk auch noch schaffen?

Ja, sie waren nur noch zu dritt und hatten zwei Tage zum Stricken und Nähen!

„Fertig werden wir bestimmt nicht“, sagte Nanni. „Deshalb schlage ich vor, die längsten Stücke zu Ende zu stricken und zusammenzunähen. Dann sieht Robbi wenigstens, was es werden soll.“

Ihre Schwester stöhnte freilich, aber sie strickte tapfer drauflos. „Du machst es jetzt viel besser als am Anfang“, lobte Nanni. „Mit der Zeit wirst du Strickmeisterin von Lindenhof!“

„Spotte ruhig“, antwortete Hanni. „Du hast's nötig.“ Aber sie hielt durch!

Am Abend vor Robbys Geburtstag nähten sie fünf Streifen aneinander. Die Farben waren gut abgestimmt, und das fertige Stück sah wirklich schön aus.

Am Morgen holten sie Blumen aus dem Garten und wollten gerade zum Büro gehen, da hörten sie ein zaghaftes Gebell. Sie klopften, warteten aber das „Herein" nicht ab, sondern öffneten neugierig die Tür. Da stand das drollige, wollige Hundekind, war an Robbys Bürosessel angebunden und bellte halb ängstlich, halb empört.

Fräulein Roberts hielt ein Pappschild in der Hand. Darauf stand: „Ich heiße Harras und gehöre Robby. Wenn ich groß bin, werde ich sie beschützen."

„Ist das euer Einfall?" rief Fräulein Roberts strahlend und bemühte sich vergebens, den kleinen Hund zu beruhigen.

„Nein, den schenken Ihnen die Gäste." Sie zögerten ein bißchen, dann sagte Andrea: „Unser Geschenk ist leider nicht fertig geworden. Sind Sie sehr enttäuscht?"

Sie breiteten die Decke am Boden aus und legten auch die unvollendeten Teile dazu. Hübsch sahen die Streifen aus – geschmackvoll und farbenfroh. „Es soll eine Decke für Ihre Ruhestunden sein", erklärten sie der staunenden Robby, „und ein Andenken an uns sieben."

Fräulein Roberts war überrascht und gerührt. Sie ahnte, wie die Mädel sich geplagt hatten, und sie konnte ihnen nur versprechen, daß sie die Decke recht viel genutzen wollte.

Am nächsten Tag fuhr Andrea heim. Sie hatte nicht mehr viel an der Decke getan, und so blieb die ehrenvolle Aufgabe, sie fertigzumachen, an Hanni und Nanni hängen.

„Ausgerechnet mir passiert das!" stöhnte Hanni ein paarmal. „Warum konnten die Eltern nicht kommen, ehe die anderen wegfuhren?"

Sie schafften es aber, und voll Stolz lieferten sie das Geburtstagsgeschenk mit vier Tagen Verspätung endgültig ab.

Am Geburtstagsmorgen erlebten sie noch eine Überraschung. Es kam ein Bote aus der Stadt und brachte einen wunderbaren Strauß Rosen, langstielige dunkelrote Rosen. Der Strauß war eine Pracht. Fräulein Roberts nahm ihn in Empfang, öffnete den Brief, wurde fast so dunkelrot wie die Rosen. Sie sagte nichts.

„Wer hat denn den tollen Strauß geschickt?“ fragte Hanni vorlaut.

„Nicht wahr, er ist wundervoll?“ antwortete Fräulein Roberts nur.

Da fragten sie nicht weiter. Daß ihre Lehrerin rot wurde – nicht aus Ärger über ihre Schülerinnen, sondern nur aus Verlegenheit und aus Freude über einen Rosenstrauß, das war etwas ganz Neues. Und sie waren sich alle einig: „Bestimmt hat Herr Marcel diese Rosen geschickt.“

Der kleine Hund brachte viel Aufregung und Unruhe ins Heim. Fräulein Lehmann ergriff die Befehlsgewalt und begann mit der Hundeerziehung. Spielen und herumtollen durfte er mit den Zwillingen.

„Ja“, meinte Hanni wieder einmal, „wir beide sind nun übriggeblieben. Verstehst du, warum die Eltern nicht kommen?“

Telefonisch erreichten sie zu Hause niemand. Sie warteten von einem Tag zum andern. Zu tun gab es für sie nur wenig, denn Fräulein Roberts hatte sehr geschickte Mädchen gefunden, die nun alle Arbeiten und Aufgaben erledigten. Die Zwillinge wurden langsam ungeduldig. Natürlich konnten sie viel herumlaufen. Sie spielten mit den anderen Kindern Boccia oder Federball, aber nicht mehr mit viel Freude.

Nur die Abende genossen sie. Da rief Frau Wendland sie meist in ihre kleine Wohnung hinauf, und dann durften sie in den Schätzen stöbern, die die alte Dame im Lauf der Zeit zusammengetragen hatte: Bilder von Reisen, Gläser, die sie als Andenken mitgebracht hatte, wertvolle Teller und Krüge, aber auch Schmucksachen, schön gestickte Bänder, Schnitzereien, Muscheln. Und zu allen Sachen gab es eine Geschichte!

Begeistert tollen die Zwillinge mit Harras umher

Am letzten Abend kramte Frau Wendland lange in einem kleinen Kasten und holte schließlich zwei wunderhübsche Armreife heraus: Filigranarbeit mit winzigen Korallen besetzt. „Die kriegt ihr als Andenken“, sagte sie und legte sie vor die Schwestern hin.

„Ja, aber ...“ Sie waren beide so überrascht, daß sie gar nicht antworten konnten.

„Nehmt sie nur. Ich habe soviel Spaß durch euch gehabt. Lange werde ich daran denken. Und ihr erinnert euch vielleicht auch manchmal an die alte Frau in der Fuchsenmühle.“

Da bedankten sie sich stürmisch.

Fräulein Roberts hatte jeder ihrer ehemaligen Schülerinnen, die ihr so tüchtig geholfen hatten, zum Abschied einen Geldschein in die Hand gedrückt: „Damit ihr euch für die letzten Ferientage noch irgend etwas Schönes kaufen könnt.“ Außerdem erhielt jede eine wunderhübsche Ledertasche.

Am nächsten Morgen liefen sie durchs ganze Haus, sagten den Gästen Lebewohl und wünschten ihnen noch schöne Urlaubstage. Sie ließen sich von Gustel noch einmal lauter gute Sachen vorsetzen und dankten lachend für das Naschpaket, das sie ihnen zum Abschied gab. Dann sagten sie auch allen Helferinnen Lebewohl: Margot, Rosa und Hetti, mit denen sie sich so gut verstanden hatten, und den neuen, die nun ihre Pflichten übernommen hatten.

Zwei Briefe

Dann kamen Hannis und Nannis Eltern. Mit einem Jubelruf stürzte Hanni ins Haus: „Hörst du, Nanni, das müssen sie sein!“ Zusammen mit Nanni erschienen Fräulein Roberts und Gustel, die gerade den Küchenplan für die nächste Woche be-

besprochen hatten. Herrn Sullivans Wagen rollte langsam heran und zog einen behäbigen großen Wohnwagen hinter sich her. Sprachlos sahen die Zwillinge zu.

„Nun", rief ihre Mutter und kurbelte das Fenster herunter, „hat's euch die Stimme verschlagen?"

Der Vater war ausgestiegen und nahm seine Töchter in den Arm. „Was sagt ihr zu unserer Überraschung? Gut, was? Wir haben gedacht, ihr beide seid jetzt perfekt im Gastgewerbe. Davon wollen wir profitieren. Ein paar Tage werden wir in der Fuchsenmühle wohnen. Dann geht es nach Spanien. Der Wohnwagen ist großartig eingerichtet, viel plagen müßt ihr euch also nicht. Aber wir hoffen, daß wir die Mahlzeiten pünktlich serviert bekommen. Was meint ihr dazu?"

„Kochen werde ich übrigens selber", fügte die Mutter lachend hinzu.

„Einfach phantastisch", riefen die Zwillinge wie aus einem Munde. „Nun müssen wir nicht jeden Tag pünktlich zum Mittag- und Abendessen im Hotel sein. Wir können uns die Ferientage einteilen, wie wir wollen. Eine feine Sache!"

Die paar Tage im Heim wurden sehr schön. Fräulein Roberts duldete nicht, daß die Zwillinge noch halfen. Die neuen Kräfte waren inzwischen gut eingelernt. Hanni und Nanni konnten mit den Eltern überall herumwandern. Sie führten sie zum Heuberg, wohin sie eigentlich mit den Studentinnen wandern wollten. Es war nicht mehr dazu gekommen, seit Nicki damals bei dem ersten Versuch schlappgemacht hatte.

Dann gingen sie zur Talsperre, wo sie mit Herrn von Faber gewesen waren. Sie zeigten den Eltern auch den Steinbruch, an dem der Professor verunglückt war.

„Wie geht es dem alten Herrn?" erkundigte sich der Vater, der natürlich aus Briefen von dem Unfall des unternehmungslustigen Steinsammlers wußte.

„Ach, der ist schon wieder auf den Beinen." Die Zwillinge

lachten. „Wahrscheinlich kommt er noch einmal für eine Woche her", erzählte Hanni. „Wir werden ihn freilich nicht mehr sehen."

„Und Monsieur Marcel auch nicht", setzte Nanni hinzu.

Das war ein trauriger Gedanke. Warum blieb er nur so lange weg? „Weißt du was, Hanni: Wir werden ihm schreiben. Glaubst du nicht, daß er sich darüber freut?"

„Ja, das tun wir! Aber wir müssen uns genau überlegen, was wir schreiben, damit wir uns nicht blamieren."

An diesem Abend sagten die Schwestern beizeiten gute Nacht. Es gab eine lange Beratung. Aber es wurde auch ein Brief:

„Lieber Herr Marcel,

wir haben die ganze Zeit gehofft, daß Sie noch vor unserer Abreise zurückkehren. Nun sind unsere Eltern schon seit ein paar Tagen hier. Übermorgen fahren wir mit ihnen nach Spanien. So werden wir Sie nicht mehr sehen. Das tut uns beiden sehr leid.

Wir glauben, daß Sie allen im Haus fehlen, am meisten Fräulein Roberts. Sie hat sich in allen Dingen ganz auf Sie verlassen. Sie haben ihr sehr geholfen, und nun ist sie ganz anders geworden. Nun ist sie eben Robby.

Deshalb bitten wir Sie recht herzlich: Kommen Sie bald wieder her, und bleiben Sie lange hier, möglichst für immer.

Wir danken Ihnen sehr für die vielen schönen Geschichten und gratulieren Ihnen zu dem Preis. Ihre Bücher werden wir bestimmt kaufen, wenn wir nach Hause kommen. Unseren Vati interessieren sie auch sehr.

Es grüßen
Ihre Sullivan-Zwillinge
Hanni und Nanni"

Auf diesen Brief erhielten sie Antwort, als sie mit den Eltern aus Spanien zurückkamen.

„Ihr lieben Zwillinge", schrieb Monsieur Marcel Lati, „seid herzlich bedankt für Euren Brief. Seit ein paar Tagen bin ich wieder in der Fuchsenmühle – um für immer hierzubleiben. Ich habe alle meine Sachen, die in einem kleinen Pariser Quartier bei Freunden standen, zusammengepackt und mitgenommen. So weit ich in der Welt herumgereist bin, so habe ich mich niemals mehr zu Hause gefühlt als in diesem abgelegenen, stillen Tal. Und wenn Ihr eines Tages Lust habt, unserer Robby wieder guten Tag zu sagen, dann kommt her! Sie wird sich gewiß freuen – und ich ebenso.

Euer
Marcel Lati"

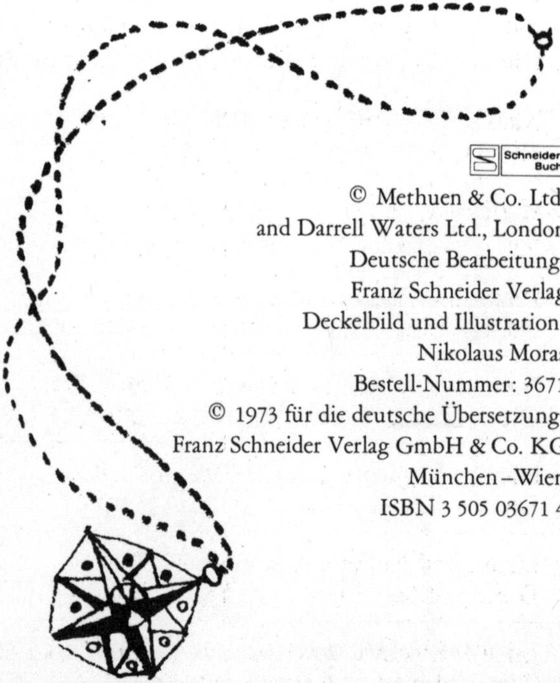

© Methuen & Co. Ltd.
and Darrell Waters Ltd., London
Deutsche Bearbeitung:
Franz Schneider Verlag
Deckelbild und Illustration:
Nikolaus Moras
Bestell-Nummer: 3671

München – Wien
ISBN 3 505 03671 4

Enid Blyton: Hanni und Nanni-Serie

HABE ICH		WÜNSCHE ICH MIR
X	**Hanni und Nanni sind immer dagegen** (Band 1) Die Zwillinge hecken nur lustige Streiche aus	
	Hanni und Nanni schmieden neue Pläne (Band 2) Die Zwillinge lösen ein Geheimnis	
X	**Hanni und Nanni in neuen Abenteuern** (Band 3) Die Zwillinge meistern eine lustige Situation	
	Kein Spaß ohne Hanni und Nanni (Band 4) Die Zwillinge organisieren eine Mitternachtsparty	
	Hanni und Nanni geben nicht auf (Band 5) Die Zwillinge fürchten die Neuen	
X	**Hanni und Nanni im Geisterschloß** (Band 6) Die Zwillinge erleben eine Spuknacht	
X	**Hanni und Nanni suchen Gespenster** (Band 7) Die Zwillinge lassen Gespenster lebendig werden	
X	**Hanni und Nanni in tausend Nöten** (Band 8) Die Zwillinge beschützen eine Freundin	
	Hanni und Nanni groß in Form (Band 9) Die Zwillinge plaudern aus der Schule	
	Hanni und Nanni geben ein Fest (Band 10) Die Zwillinge laden zum Partyschmaus ein	
	Lustige Streiche mit Hanni und Nanni (Band 11) Die Zwillinge und ihr glanzvolles Mondscheinfest	

HABE ICH		WÜNSCHE ICH MIR
X	**Hanni und Nanni und ihre Gäste** (Band 12) Die Zwillinge helfen in der Fuchsenmühle	
X	**Fröhliche Tage für Hanni und Nanni** (Band 13) Die Zwillinge spielen Mamsell einen Streich	
X	**Hanni und Nanni gründen einen Klub** (Band 14) Die Zwillinge und der „Klub der Spatzen“ erregen Aufsehen	
X	**Hanni und Nanni im Landschulheim** (Band 15) Die Zwillinge und die Bewohner der Pferdeburg	
	Hanni und Nanni bringen alle in Schwung (Band 16) Die Zwillinge veranstalten ein Konzert	
X	**Hanni und Nanni sind große Klasse** (Band 17) Die Zwillinge und das große Spiel	
	Hanni und Nanni · Sammelband I Umfaßt 3 Bände voller lustiger Streiche	
	Hanni und Nanni · Sammelband II Umfaßt 3 Bände voller Abenteuer	
	Hanni und Nanni · Sammelband III Umfaßt 3 Bände mit Spuk und Spaß	
	Hanni und Nanni · Sammelband IV Umfaßt 3 Bände aufregender Erlebnisse	
	Hanni und Nanni · Sammelband V Umfaßt 3 Bände spannender Ereignisse	

Gib diesen Wunschzettel Deinen Eltern oder Großeltern oder allen, die Dir gerne eine Freude machen wollen.